5

洗禮

下等妙人

Illustration＝水野早桜

Kadokawa Fantastic Novels

CONTENTS

The Greatest Maou Is Reborned To Get Friends
Presented by Myojin Katou
and Sao Mizuno

第五十七話　前「魔王」與惡夢

一陣令人聽了不舒服的嗡嗡聲，在腦子裡迴盪個不停。

眼前是一整片陌生的市鎮風景。

頗具特色的建築物排列著，在看似大街的地方，大群民眾湧了過來。

他們臉上不知為何充滿了劇烈的殺意與嫌惡——

他們視線所向之處，可以看見伊莉娜擔心受怕地呆站在原地。

「大家……為什麼……？」

她無法理解為什麼會變成這樣，全身發抖，民眾則毫不留情地謾罵她。

「閉嘴！妳這怪物！」

「竟敢騙我們到現在！」

「處死！應該處死她！」

處死。處死。處死。民眾用發紅的眼睛瞪著伊莉娜，瘋了似的呼喊。

接著——

他們一起有了動作。

走向除了擔心受怕之外什麼都做不了的稚氣少女。

「呀啊！」

伊莉娜轉眼間就被圍住，還被其中一人拖倒在地。

「臭丫頭！臭丫頭！」

「怪物！怪物！妳這怪物！」

人們發怒如狂，朝倒在地上的伊莉娜全身踩個不停。

「啊，嘎……嗚……！不……不要……啊……」

她美麗的臉孔，被暴力的風暴肆虐得變形。

骨骼碎裂，臉孔變形，純白的肌膚染上鮮血的紅——

「救命……啊……」

伊莉娜漸漸死去，朝我伸出手。

可是，我沒辦法抓住她的手。

我沒有辦法救她。

即使想伸手，身體也不聽使喚；即使想出聲制止民眾，喉嚨也不聽使喚。

我只能眼睜睜看著朋友被殺死。

「亞……德……」

小小的，像是慘叫的聲音。那是伊莉娜垂死的哀號。

「只要把頭砸爛，應該就不能復活了吧！妳這怪物！」

一名男子拿著一把大榔頭，毫不留情地朝伊莉娜的頭部揮去。

她那被施暴而醜陋變形的臉，隨著一陣令人不舒服的聲響而粉碎的瞬間——

「————啊！」

就像快要溺水時，朝水面探出頭似的呼吸。

同時不由自主地坐起上身。

我反覆喘著粗氣，擦去額頭冒出的冷汗，下意識地喃喃自語。

「是……夢嗎……」

沒錯，剛才的畫面，全都是惡劣的惡夢。

證據就是……

往旁一看，就看到伊莉娜躺在國王尺寸的床上。

她就和睡在身旁的吉妮與席爾菲一樣，露出安祥的睡臉。

「嗯～……下廚這種小事……難不倒，我……」

聽見她惹人憐愛的夢話，讓我鬆了一口氣。

「……真是的，開玩笑也要有個限度。我為什麼會作那種惡夢啊。」

這種惹人憐愛到了極點的少女，不可能會遭到那樣的下場。

夢想的內容往往非現實，但還是有所謂的限度。

「呼……要睡回籠覺，又離天亮太近了啊。」

窗外傳來小鳥的叫聲。

我下床，走向窗戶，拉開了窗簾。

看來正好迎來了黎明。太陽從遙遠的山脈後頭露了臉。

「但願今天要是平靜的一天啊。」

當我喃喃說完這句話，先前惡夢造成的壞心情也已消失無蹤。

我打著呵欠，伸了伸懶腰。

第五十八話　前「魔王」與護衛任務

時間過得很快，我們結束教育旅行，回到王都，已經過了一週。

這一週過得太平安穩，彷彿先前鬧出的風波都未曾發生過，度過了一段非常平靜的時光。

從我轉生到現在，過了十六年左右，但上一次度過這麼恬靜的時光，已經是多久以前了呢？

今天在學校的時光也非常平靜。

……只是話說回來……

「席～～～爾～～～菲～～～那個笨蛋在哪裡啊啊啊啊啊啊啊啊啊啊！」

「啊哇哇哇哇哇哇哇哇哇哇哇哇！」

這兩人還是一樣吵鬧。

放學後的教室，大家上課上得累了，伸伸懶腰打打呵欠，卻看到席爾菲的一頭紅髮被奧莉維亞一把抓住，就這麼拖著走。

「這感覺已經是我們班的風情畫了啊。」

「是啊。起初還嚇了一跳，現在都習慣了。」

伊莉娜與吉妮聳聳肩膀，看著席爾菲被帶走。

看著看著……

「爸爸～」

「今天一整天我也很努力喔～」

兩個女生從兩旁撲向我。

「摸頭摸頭～♪」

「誇我誇我～♪」

「今天也辛苦妳們了，露米同學、拉米同學。」

兩人一臉陶醉，舒暢地發出聲音。她們的外表是惹人憐愛的少女，然而……無需隱瞞，這兩個人，是本應在超古代就滅絕的「精靈」。

由於牽扯到一個發生在校內的事件當中，讓我們認識了她們……

總之，到最後就發展成現在的情形。

「不過話說回來，起初我還擔心事情要怎麼收場……不過妳們兩位都很適應學園呢。」

「對啊對啊～」

「教育旅行好開心呢～」

「小組活動起初我們還很擔心～」

「可是卡蜜拉和薇若妮卡都對我們好好～」

卡蜜拉和薇若妮卡。

這兩個人也是我們班上的學生，都是來歷有點複雜的女生。

「哎呀，薇若妮卡同學，今天已經要回去了嗎？」

我叫住了正要走出教室的金髮女生——薇若妮卡。

「後來我和家人的關係得到了解決。我打算從今天起要早點回家。」

「喔喔，那真是再好不過。」

「呵呵。全都是託你的福。總有一天我會還你人情的，亞德・梅堤歐爾。」

她平靜地微微一笑，離開了教室。

她身為公爵家的千金，和家人發生了一些麻煩事。

然而，看樣子事情已經往好的方向發展，真是再好不過。

「亞……亞德。」

「哎呀，怎麼了，卡蜜拉同學？」

這個銀髮的少女是卡蜜拉。

她和伊莉娜一樣，是「邪神」的後裔……

她身上的血統，有一大半屬於「魔族」。

她被某個村莊的舊習所困，我和伊莉娜一起救出她，也才有了現在。

「今天魔法學的課，我有些地方不懂，可以請你教我嗎？」

「好啊，當然可以了。伊莉娜小姐、吉妮同學，我們回宿舍的時間會晚一點，可以嗎？」

「當然可以！不如說我也要你教我！」

「我是不是也該參加，順便複習呢～」

「露米也要～」

「拉米也要～」

我和大家一起開心地努力用功。

真的是非常美妙的一刻。

離校時間。

鐘聲迴盪在校內，催學生們回家。

我和伊莉娜與吉妮一起聽著鐘聲，在校庭中行走。

席爾菲還在聽奧莉維亞訓話，所以不在場。

「明天是不是有游泳課？」

「呵呵，我會用我穿泳裝的模樣，迷死亞德♪」

我們一邊聊著這些無關緊要的話題，一邊踏上回宿舍的歸途。

完全完美的平穩。

就像溫水般讓人想一直浸泡著的時間。

然而——

看來大意志是不肯放過我。

在校庭內發現一群身穿全身板甲的人時，我的第六感就呼喊著危機的到來。而一如預感，他們走過來，說道：

「亞德・梅堤歐爾先生、伊莉娜・利茲・德・歐爾海德小姐，陛下召見兩位，請立刻前往王宮。」

實在無法拒絕。

我有了不好的預感，但仍然伴隨伊莉娜前往王宮——

拉維爾魔導帝國首都——迪賽亞斯。

這塊有著國內數一數二的都市面積，繁榮程度也絲毫不讓首都之名蒙羞的土地上，存在著女王的居城。

這座城堡盤據在都市的正中央，就像要展現女王的威嚴，極盡奢華之能事。

不但面積配得上城堡的壯麗，而且一切都養護得非常徹底。

中庭的景觀十分藝術。女王本人說過，這令她自豪的庭園，是她僱用了數百名出色的園丁打造出來的。

其中景觀特別美妙的地方，還設有觀賞用的椅子與桌子。

平常她會在這裡看著庭園的美，喝著紅茶，療癒處理政務帶來的疲勞，然而——

現在，包含女王羅莎在內的三名見證人所觀賞的，並不是美麗的景觀。

而是兩名魔導士……也就是我與對戰者的戰鬥。

「哦，亞德．梅堤歐爾的實力果然破格。年僅十六歲，竟然就和『第七格（Heptagon）』打得難分難解。」

桌旁所坐的三人之一——美貌的女王羅莎，說得頗為感佩。

「哼哼！那還用說！因為我的亞德是無敵的！」

三人之一的伊莉娜，自豪地挺起胸膛。

接著——

「唔唔唔唔唔……！你在磨蹭什麼！最高階的魔導士，別跟這點本領的毛頭小子耗！」

觀眾之一，也是安排這場打鬥的人。

老年的宰相瓦爾多爾，表露出心中的忿怒大喊。

被他喝斥的男子……也就是眼前這名作為我對手的魔導士，防禦我的攻擊魔法之餘，露出了苦笑。

此人年僅四十歲，就升上魔導士最高階的「第七格」，看來並不是個只有本領高強的肌肉腦。

他是個能夠把打贏這場戰鬥所得到的「榮譽」與不得不背負的風險，放在天平兩端衡量，進而做出正確判斷的人。

也就是說，是個能夠因為風險太高，刻意想打輸的人。

……因此，戰況是平分秋色。

畢竟我也想故意打輸。

「……才這點年紀就能無詠唱發動，真不愧是大英雄的兒子。」

「不不不，比不上最年輕就升上『第七格』的您。」

「不不不，最年輕紀錄這種東西，想來很快就會被你打破了。」

「不不不，不會的。」

「不不不，錯不了。」

「不不不。」

「不不不。」

我們在劇烈的攻防中，互相讚美彼此。

好作為落敗的伏筆。

……受不了，這個人非常有本事。

他完美地預判出我的心思，巧妙地阻撓我落敗。

像先前那一回合就很值得讚賞。虧我在自然的形勢下跌倒，製造出無法施展防禦魔法的狀態，眼看就要受到對方的攻擊而落敗……他卻以非比尋常的速度對我發動防禦魔法，阻止我落敗。

我活了這麼久，上一次被人這麼精確地看穿心思，已經是多久之前的事了呢？

這個人無疑是個傑出的人才。

我究竟有沒有辦法輸給他呢……？

事情就發生在我產生這種不安的那短短一瞬間。

「唔哇！」

攻防進行到一半，他突然往後飛開。

不是我的魔法造成的。他對我施展攻擊魔法，緊接著他卻不知為何地誇張往後飛。

接著在地上滾了好幾圈，停下後難受得悶哼說：

「唔……嗚嗚……！你……你做了什麼，亞德．梅堤歐爾……！」

「……啥？」

「我……我沒看到魔法陣顯現……！然而，卻受到這樣的傷害……！」

「不，等等。」

「我……我站不起來……！說……說來懊惱，但這場比試，是我輸了……」

不不不不不不不不不不。

你說什麼鬼話啊？

「喔喔！亞德．梅堤歐爾果然不簡單啊！」

「竟然沒顯現魔法陣就發動魔法！亞德果然好厲害！」

「不，請等一下，我什麼都沒做。」

我冒著冷汗，正要辯解下去，然而──

「你……你說你，什麼都沒做……？你是說你剛才露的這一手未知的技術，對你來說就這麼不值一提，等於什麼都沒做……？這……這是何等的天才……！」

我的對手把我的發言往極為棘手的方向扭曲了。

因此──

「果然亞德才配得上『本次的任務』呢！瓦爾多爾，你應該沒有異議了吧？」

「唔唔唔唔唔……！這……這是作弊！沒錯，他肯定用了什麼方法作弊！」

瓦爾多爾滿是皺紋的臉漲得通紅，大聲怒吼。也不知道他是對我哪裡這麼看不順眼，從第一次見面，他就把我當成眼中釘。

然而，現在他的發言來得正巧。

太美妙了。瓦爾多爾，感謝你伸出援手。

我決定全力配合他的發言演出。

「您……您說得對，瓦爾多爾大人！這是作弊！我──」

「沒錯，的確是作弊。亞德所施展的魔法，內容高超得破格。對我們而言，就只能用作弊來形容……」

對手再次毀了我的圖謀。

結果——

「嗚！你……你別得寸進尺了，亞德・梅堤歐爾！我絕對不承認！」

瓦爾多爾不服輸似的撂下這句話，就當場遁走。

對手也跟著匆匆忙忙脫身。

這時他朝我瞥了一眼……只用視線傳達意思。

『你最好學會怎麼輸得巧妙。對我們而言，這種技術也是必要的。』

……我由衷覺得……

覺得想嚐嚐落敗的滋味。

「瓦爾多爾的意見已經不重要了。這樣一來，就照事前所說，亞德・梅堤歐爾以及伊莉娜，你們就是本座的『護衛』。」

女王羅莎以笑瞇瞇的表情這麼說完，優雅地啜了一口紅茶。

沒錯，先前的比試，是為了決定由誰來負責她的護衛任務而辦。

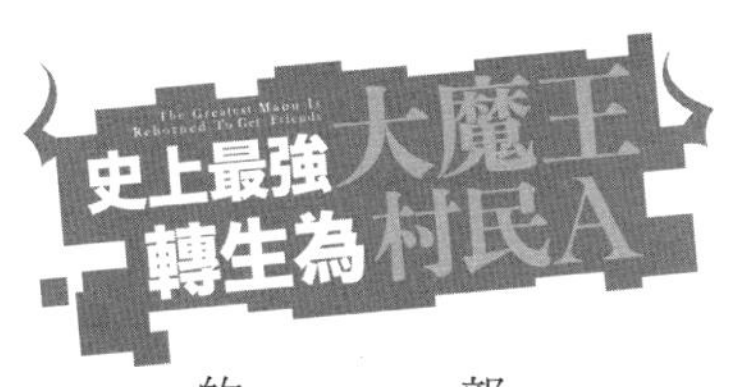

……這件事的來龍去脈，在我腦中重新閃現。

我們在騎士的帶領下，見到羅莎後不久。

「宗教國家美加特留姆，這名字你們聽過吧？」

對於女王開口問出的第一個問題，我和伊莉娜都給出肯定的回答。

宗教國家美加特留姆，位於大陸中心，在各種角度上都是個極具特色的國家。

首先是國土面積。基本上所謂的國家，都有著不只一個大都市，但美加特留姆卻只有一個小城市規模的國土。

但這個國家在大陸內卻象徵著絕對的正義，在國際社會有著最大的發言力。

為什麼？

因為這美加特留姆，是世界最大的宗教——統一教的大本營。

在崇拜「魔王」的思想支配了文化根基的現代，教會的權限極其強大。而作為教會的總部，美加特留姆的定位也就變得是特例中的特例。

「……那麼，請問美加特留姆和您召見我們，有什麼關聯呢？」

「嗯。近日內，會在那個國家召開會議。包括我們拉維爾魔導帝國在內，堪稱大陸霸者的五大國元首將齊聚一堂……是極為重大的會議。」

在這個時間點上，我已經能夠推知她召見我們的理由。

我們家聰明的伊莉娜小妹妹似乎也一樣。

「也就是想找我們當護衛是吧！是吧，小羅？」

「嗯，如果這次的會議可以在暗中進行，也不需勞煩你們。但因為會議最後決定的內容，哎呀～會影響整個大陸，所以不得不大舉發表會議決定的事項。」

「……您說要決定的會議內容是？」

「五大國之間的和平條約。貫徹彼此間互不侵犯是不用說，還要共享所有機密與技術提供……以美加特留姆為中心，將整個大陸整合為一個國家，就是這條約要談的內容。」

「這內容可真大膽啊。」

包括拉維爾魔導帝國在內，就如她先前所說，有五個國家是大陸上的霸者。這五大國之間自古以來就相互爭奪大陸的霸權，至今依然尚未做出了結。

要說有什麼理由，能讓這樣的五大國願意統一——

「我聽說最近『魔族』的活動愈來愈活絡。所以情形已經嚴重到大國之間不得不攜手合作了？」

「嗯，我國有許多像你這樣的英雄，所以並未鬧出重大的災情……但別國就鬧出了挺大的事情。根據密探得到的情報，有個國家因為有『魔族』展開大規模的儀式，失去了一整個

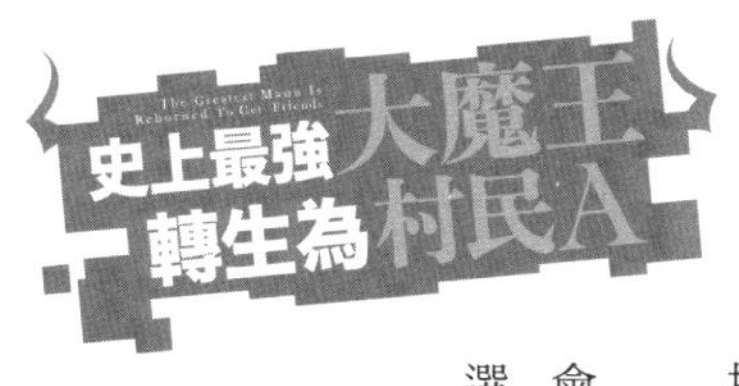

都市。」

「……原來如此。所以各國認為，現在已經不是爭權奪利的時候了。」

「正是。照這樣下去，『邪神』多半會在其中一個國家復活。這樣一來，我們就得事先做出防範才行。教宗冕下親自提議要簽訂這次的和平條約，就是要作為對策的一環。」

所謂教宗就是美加特留姆的王，是君臨統一教頂點的神職人員。

據說現代教宗的意見會被視為民意本身，很難違逆。

但話說回來，就這次的案子而言，似乎也是出於五大國的合意，所以立刻就已經有了共識。

「現在已經不是大國之間爭權奪利的時候了。因此，我們決定攜手合作。民眾應該也會接受這個條約，在對抗『魔族』的目的下團結一致吧。」

「不只是國與國，還要強化民眾與民眾間的聯繫……這樣說來，那的確是不能暗中進行會議啊。但這麼一來，也就可以推測『魔族』會展開恐怖攻擊。因此會需要護衛……所以才選上了我們，是吧？」

「正是。想來再也沒有更值得信任的人了啊。」

聽到這樣的讚美，伊莉娜坦率地表示喜悅。

我則正好相反。

坦白說，我不想接什麼護衛任務。此行會帶來的結果，想必不會有任何好事。

想也知道。完成護衛任務，會讓我這次也做出非我所願的大活躍，讓我的威名不再侷限於國內，而是會轟動整個大陸。

到時候，我老姊奧莉維亞，必然會加深我＝「魔王」的確信，露出極為美妙的笑容。

只有這件事，我絕對非阻止不可。

我想到這裡，準備想些藉口，以便推掉這個任務，然而——

就在我即將開口之際——

「女王陛下，說來惶恐，微臣瓦爾多爾，反對亞德．梅堤歐爾同行。」

侍立在羅莎身旁的宰相瓦爾多爾出聲了。

「反對？為什麼？」

「是。我認為他不夠格參加這次會議。」

「不夠格？」

「正是。亞德．梅堤歐爾沒有資格同席。伊莉娜男爵千金就有這個資格……理由我不說，您應該也能了解吧？」

有那麼一瞬間，我們臉上閃過緊張的神情。

……瓦爾多爾這個人也知道伊莉娜的真面目。他現在的發言，就顯示了這一點。

伊莉娜並非只是個可愛的精靈族美少女。

她和她的父親懷斯一族，是「邪神」的後裔……

也是這拉維爾魔導帝國真正的王族。

說起來羅莎就是所謂的替身。本來伊莉娜的父親——外號英雄男爵的懷斯，才是這個國的王。而他的女兒伊莉娜，則處於公主的立場。

「邪神」的後裔是王族，這件事一旦走漏風聲，將會造成事關國家存亡的危機，所以拉維爾魔導帝國自古以來，就施行了極為特殊的機制，由檯面下的王族，來控制檯面上的王族——也就是替身。

考慮到這一點，的確可以說伊莉娜有資格參加會議。

畢竟她是真正的王族。

「相對的，亞德·梅堤歐爾只是一介平民。這次的會議，還會有各國首腦群參加……相信他們的護衛，也都有著高貴的血統。在這樣的局面下，只有陛下帶同平民行走……微臣認為，這已經是整個國家之恥了。」

說得沒錯。說得好啊，瓦爾多爾，你說得完全正確。

這種時候，我就順著他的話頭講吧。

「我認為瓦爾多爾大人說得沒錯。找像我這樣的一介平民擔任護衛，會讓女王陛下被別國首腦看輕。因此，最好還是把我從護衛中除外——」

「嗯~既然這樣，亞德·梅堤歐爾，你從現在起就是公爵。」

「「啥！」」

我和瓦爾多爾的說話聲同時響徹四周。

「不不不不！您說這是什麼話！」

「一下子就把平民冊封為公爵？這可不只是胡來！」

「咦~？可是，這樣不就全都解決了？如果出身有問題，改掉就好了。所以亞德·梅堤歐爾，從現在起，你和你的一族就是公爵家。」

「「不不不不不不！」」

我和瓦爾多爾又同時說話了。

另一邊的伊莉娜則佩服地說：「小羅真有妳的！好聰明！」但在我看來，是覺得離譜也要有個限度。

……接下來，經過一陣令人頭痛的討論，最後——

「我瓦爾多爾會準備出身完美的完美護衛人選！我讓他和那邊那個平民比試，由勝利的一方擔任護衛！不管比試結果如何，亞德·梅堤歐爾的平民身分都不變！這樣可以吧？」

於是就演變成了這麼回事。

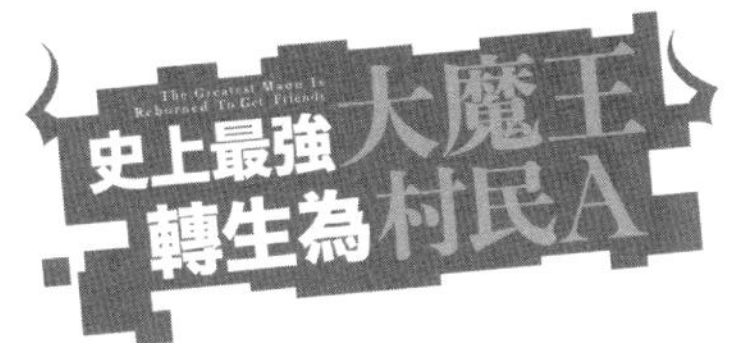

……而現在……

「等著我們吧，宗教國家美加特留姆！」

「只要有我和亞德在，護衛任務三兩下就搞定了！」

也就演變成了這種情形。

「這次的旅行，應該可以好好放鬆一下了。」

我看著勾肩搭背，笑得開心的兩人，嘆了一口氣。

於是——

我肩負起護衛的任務，和女王他們一起前往宗教國家。

……為什麼會變成這樣？

第五十九話　前「魔王」與宗教國家

事情談妥後，我和伊莉娜立刻回到學校宿舍，收拾行李。

離開宿舍之際，吉妮與席爾菲用一臉很想跟來的表情看著我們，然而——

很遺憾的，我不能帶她們去。

這種護衛任務，應該要以極少數人進行。如果想得單純點，會覺得護衛多比較讓人放心，但實際上並非如此。參與的人數愈多，就愈容易被敵方找出護衛對象的所在。一大群人團團圍住一個人，等於大聲告訴敵人，我們護衛的對象就在這裡。

吉妮與席爾菲都不是不懂這些事情的人。

「我會祈禱你們旅途平安。雖然亞德應該是用不著。」

「我會期待伴手禮的喔！」

和她們兩人道別後，我和伊莉娜前往散布於首都當中的馬車驛站。

我們和變裝為平民的女王羅莎，以及宰相瓦爾多爾會合，搭上事先準備好的特製馬車。

說是特製，並不表示外觀豪華，實際上正好相反。

這趟旅程，不是為了展現女王的威儀而舉辦的遊行。因此，外觀就和平民所搭乘的一般馬車一樣。但據說內部構造採用了最新的技術，搭乘的舒適度與平民馬車不可同日而語。另外，素材上也施加了多種賦予魔法，有著從外觀看上去難以置信的強度。

「我說小羅，大概要多久會到啊？」

「我們會經由幾個都市，本座想想……大概要一週吧。」

「啊～果然，看來旅程會挺長的呢。」

狹窄的車蓬裡，伊莉娜開始翻找包包。

「我想路上會很閒，就來打打牌吧！」

「喔，這個好。已經多久沒有打牌啦。」

羅莎很有興趣，至於坐在她身旁的瓦爾多爾——

「……兩位是不是應該多點緊張感？我們可是處在隨時都可能遭到襲擊的處境啊。」

他嘆著氣提出逆耳忠言，但羅莎與伊莉娜都只當耳邊風。

「無論緊張與否，結果都不會有什麼兩樣。」

「根本就找不到需要緊張的因素！對吧，亞德！」

只要我在，就不會有任何問題——伊莉娜懷著這個確信，我對她點頭稱是。

「是。萬事都包在我身上。」

「……哼！你好好小心，別出什麼差錯！」

宰相瓦爾多爾露出一臉不高興的表情。

於是包括他在內，我們一起打起了牌。

之後過了一段平靜的時間。

我與瓦爾多爾為了能夠隨時因應狀況，雖然參加打牌，但並不放鬆戒備，因此話都不多。

相對的，羅莎與伊莉娜則似乎徹底放心，始終以開朗的語氣說話。

她們的談話十分尋常，沒有什麼特別需要留意的內容。

因此我一直對她們兩人的閒聊左耳進右耳出，然而——

「對了，伊莉娜，校園生活怎麼樣啊？」

「非常開心！雖然也有些討厭的傢伙，可是，包括這些在內，都很開心！而且多虧了亞德，日子都過得很刺激，又交到了很多朋友！」

「是嗎？看妳過得很好，真是再好不過。」

不知道為什麼，只有這幾句對話，讓我莫名耿耿於懷。

羅莎說的話與表情都十分平靜，但……就是有些虛假。

然而，我感受不到惡意。

這讓我實在難以理解……

她究竟在想什麼呢？正當我反覆思量時——

「伊莉娜小姐，不……這個時候，應該稱您為伊莉娜大人吧。」

瓦爾多爾說話了。

他的聲調非常沉重。

「相信您現在正處於幸福的顛峰。然而伊莉娜大人，還請千萬不要忘了，您與生俱來就伴隨著一種非常棘手的命運。無論對方是您多麼信得過的人……都千萬不能說出您的真實身分。」

不然——

他說到這裡，先清了清嗓子。

瓦爾多爾表情變得更加嚴肅，說出沉重的話語。

「不然……您至今所建立的一切，都將因而失去。因為人就是會害怕異物。」

聽到他這番話，伊莉娜表情蒙上陰影，默不作聲。

「……無論發生什麼樣的事，大家都不會棄伊莉娜小姐於不顧。」

我替伊莉娜反駁。

但瓦爾多爾什麼話也不說，就只是看著我們。

想必他已經看穿了我的迷惘。

沒錯，我亞德·梅堤歐爾——

內心深處，誰也不相信。

如果伊莉娜——

以及我自己——

都是與平凡人差別實在太大的人的這個事實，被眾人得知。

我由衷確信，事情就會發展成瓦爾多爾所說的那樣。

……我最討厭的就是這樣的自己。

人就是會害怕異物。

直到這趟馬車旅途結束，我一直在心中沉重再沉重地反芻他這句話。

搭馬車的旅途持續了一週左右。

途中並未遇到什麼麻煩，途經幾個城市，最後——

駕馭馬車的馭者說話的聲音，迴盪在車內。

「各位，我們抵達目的地了。」

聽到這句話，伊莉娜與羅莎打開了身旁的窗子。

時刻大概是將近中午吧。

陽光從窗子射進車內，耀眼的光芒，讓我一瞬間瞇起了眼睛。

「喔喔～！好久沒看到這景色啦！」

「好漂亮的街景啊～！簡直是藝術！」

載著我們的馬車，似乎剛通過美加特留姆的入口。

伊莉娜與羅莎開心嬉鬧。這時教會的鐘聲響起，彷彿整個城市都在迎接這兩名美麗的少女。

「這……這樣太不小心了！也許會被敵人發現我們的行蹤啊！趕快關上窗子！」

「你太戰戰兢兢了。就算被發現，也沒什麼大不了的。」

「小羅說得沒錯！我們有亞德跟著！想做什麼都可以儘管放膽去做啊！放心吧！」

看到伊莉娜與羅莎無憂無慮地看著街上的景觀，瓦爾多爾大感頭痛。

他也真的是有操不完的心啊。

我一邊憐憫他，一邊從她們兩人的夾縫間，看看窗外的情形。

是都市，也是國家。有著這種特性的美加特留姆，街景確實就如伊莉娜所說，美得堪稱藝術。

兩旁成排的建築物，都蘊含著古風……宗教國家不是叫假的，所有建築物上都刻有統一教的符號。

我們正欣賞著充滿異國風情的景觀，就再度聽到馬車馭者說話。

「我們馬上就要抵達馬車驛站。請小心不要被人潮淹沒了。」

他多半是想說，刺客也可能混在民眾之中，所以不要疏於戒備。

馭者呼籲過後不久，載著我們的馬車抵達了美加特留姆的驛站。

首先，我和瓦爾多爾下到車外，警戒周遭。

確定沒有人散發出惡意或殺氣後，我朝車內伸出手。

「伊莉娜小姐，手給我。請小心腳下。」

「嗯，謝謝。」

我讓伊莉娜下車後，朝羅莎伸出手……然而——

「你這無禮之徒，不要趁機想碰她的手！」

瓦爾多爾用力把我的手揮到一旁去。

「來，請牽我的手。」

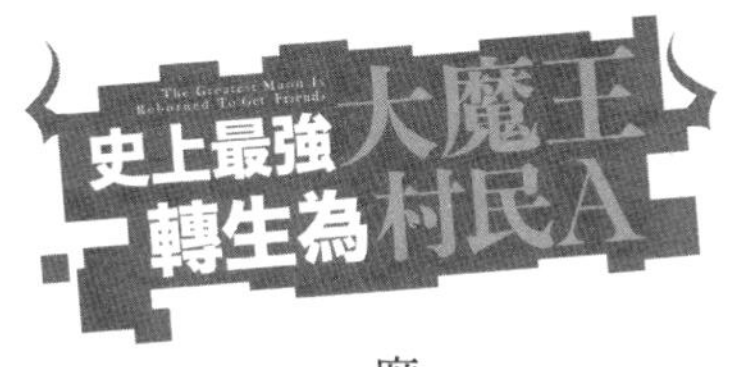

「咦～本座不想握老頭子的手～本座想握亞德的手～」

「我不是老頭子！我瓦爾多爾，還在當打之年呢！」

他們看不來不太像主從，更像是一對感情好的父女。

我們走出馬車驛站，走在大街上。

要去的地方，是地主國供我們住宿的大宅。

路途中同樣並未發生什麼問題，非常平靜。

走著走著，我們來到了大宅前。

走過大大的正門，經由中庭，走進主館。

許多僕人出來迎接，然後立刻帶領我們到分配到的房間。

地主為我們每個人都分配了一個房間，每個房間都大而奢華得莫名其妙。

我們查看完室內後，瓦爾多爾站在走道上，目光在我們身上掃過，說道：

「會議將在六天後舉辦。在這之前，要請各位在這大宅裡等候，嚴禁外出。如果需要什麼東西，命僕人去準備就好……可以吧，女王陛下。」

「唔，為什麼只叮嚀本座？」

「……因為在場的諸位當中，您肯定是最不聽話的一位。」

「你很沒禮貌耶！本座也是個明事理的成年人！處在這種極為重大的狀況下，怎麼可能會不聽重臣的進諫呢！」

……她說出這些話，大約三十分鐘後。

「亞德．梅堤歐爾！我們要去美加特留姆街上觀光了！」

我正獨自待在房間裡，躺在床上療癒旅途的疲憊。

門被用力打開，接著就聽到羅莎的喊聲。

……真拿她沒轍。

我先嘆了一口氣，然後坐起上身，看向門口。

門口站著先前扯起嗓子喊話的羅莎，以及——

「快點快點！我們要趁囉唆的人跑來之前脫身！」

像個愛惡作劇的幼童一樣，眼神發亮的伊莉娜。

「最好還是聽瓦爾多爾大人的吩咐……不過算了，這也沒辦法。」

我也想和她們兩人一起觀光。

因此我嘆氣歸嘆氣，卻也走向她們，迅速前往玄關，然而——

「你們果然就是不聽話啊。」

瓦爾多爾已經等在玄關。

他站得威風凜凜，瞪著我們的眼神裡，有著堅定的意志。

「你們想過去，就先跨過我的屍……」

「女王之拳～～！」

「咳嘎！」

羅莎犀利的一拳，打進了年老宰相的心窩。

瓦爾多爾堅定的意志，也就被這一拳給粉碎了。

「哼！要攔在本座面前，你還早了一百億年呢！笨～蛋笨～蛋！」

「嗚唔唔唔……！」

羅莎對按住腹部彎下腰的瓦爾多爾吐舌頭，帶著伊莉娜走了出去。

「呃，兩位我會負責護衛，還請放心。」

「嗚唔唔唔……！」

大概是這一拳真的很痛，他沒有任何回應。

我看這個男人，感覺到死都會是勞碌命啊。

我對他產生了少許親近感，追向她們兩人。

來到街上後，我們倒也沒有什麼要去的地方，在美加特留姆市中心逛來逛去。

當然我並不會放鬆對周遭的戒備。

也頻繁提醒她們用斗蓬遮住臉，說得嘴都要痠了。

「陛下，您的斗蓬有點歪，這樣整張臉都露出來了。」

「露這麼一點有什麼關係？」

「不可以。因為我們不能讓敵方注意到妳的存在。」

「是喔，好啦好啦。真是的，你比某個人還會瞎操心啊。」

女王陛下雖然噘起嘴，但仍然聽我的吩咐。她看上去是個成熟的美少女，內在卻像個稚氣的小孩子。

然後……說到小孩。

我們伊莉娜小妹妹，也是從方才就像個小孩子似的嬉鬧。

「怎麼看都看不膩呢～！這個街景！跟媽媽說的一樣！」

「……伊莉娜小姐的媽媽，曾經來過這個地方嗎？」

聽我問起，羅莎替她回答。

「嗯。這是相當久以前的事，但以前在美加特留姆召開了國際會議。當時本座還是公

主，但和父王同行。我們的護衛之一，就是伊莉娜的母親……克勞蒂亞。」

「喔……原來伊莉娜小姐的母親，叫做克勞蒂亞啊。」

「咦？我沒說過嗎？」

「是啊，沒說過。」

我認為與伊莉娜的母親相關的話題非常敏感。

所以我直到今天這一刻，都不曾向她問起與母親相關的事情。

「只是話說回來，克勞蒂亞大人，是嗎？這名字給人的印象有些嚴格啊。」

「呵呵，不只是有些喔。克勞蒂亞大人，比瓦爾多爾嚴格了幾百倍、可怕幾億倍。不管外表還是個性，都和伊莉娜一點也不像。」

「嗯，我以前也有點怕媽媽。」

「哪裡是有點？克勞蒂亞還在世的時候，妳遠比現在調皮搗蛋多了。當時的妳，三天兩頭就被打屁股打到哭呢。」

「才……才沒有！」

「哦？例如說？」

「咦？」

「除了被打屁股以外，有什麼別的回憶嗎？」

「這……這個……是沒有啦……」

羅莎看伊莉娜說得心虛，哈哈大笑起來。

「哈哈哈，看吧……真是的，當時本座還很懷疑，跟這樣的人可以合作愉快嗎？不過世事難料，真沒想到不知不覺間，本座最不會應付的傢伙，卻成了本座最好的朋友。」

羅莎的眼神像是看著遠方。

看到她這樣，我有了個想法。想來在這個世界上，和伊莉娜來往最久的，多半就是這個少女了。

……總覺得我產生了一種幼稚的較勁心態。

哼。

來往最久的也許是羅莎，但對伊莉娜而言的朋友第一號卻是我。只要從整體來看，應該很明顯是我贏。

我才是伊莉娜最好的朋友。

這個寶座我絕對不會讓出去。

「……唔？怎麼啦？亞德，本座臉上沾到什麼了嗎？」

「沒有，什麼都沒有。」

「哼哼，是嗎是嗎？你看本座的美貌看得入迷啦？不過這也不能怪你啦。」

羅莎露出一臉得意的表情，挺起豐滿的胸部。

聽見她這出於誤會的發言，伊莉娜露出不高興的表情。

真拿她們沒轍，該怎麼解釋才好呢？

我絞盡腦汁，擠出話——

正要開口之際。

「咦～？小姑娘，妳一個人嗎～？」

「是不是跟爸爸媽媽走散了呀～？」

一小段距離外的建築物牆邊。

我發現了一群面相凶惡的半獸人，圍住一名年幼的少女。

「咦，這個，那個……」

「如果妳不介意～我們來幫妳找爸爸媽媽吧～」

「好啦，我們一起走吧～」

如果只聽他們所說的話，倒也像是一群好心人，然而——

聲調中卻透出了惡意。

「嗯，看來就算是宗教國家，也不代表就沒有犯罪啊。」

那多半是一群擄人集團吧。

做出這個判斷的，並不是只有我。

「我們得去救她！」

「哼哼，好久沒有大顯身手啦。」

伊莉娜眼角揚起，羅莎彈響手指。

然而，我伸手制止眼看隨時都要撲上去似的她們兩人。

「請稍後。姑且不說伊莉娜小姐，陛下必須避免出風頭。這個時候還是交給我處理。」

我先這樣說完，然後接近這群半獸人，正要開口——

「慢著！」

還沒說話，然而——

卻有另一個人比我更早出聲。

……這撼動丹田的低音。

我耳熟得很。

……不對，可是，怎麼可能？

如果，真的是這樣……再怎麼說，都太巧了。

可是，教育旅行那樣的事情也發生過。

我戰戰兢兢，看向這個第三者。

站在那兒的，果然——

是一名帶著黑色大禮帽，身穿黑色西裝的老年男子。

他身材高挑，有著老鷹一般銳利的眼神。

特色為一頭流水似的白髮，以及充滿威嚴的鬍鬚的這個男人。

是我過去的部下當中，位居最高階的武人。

四天王之一的萊薩·貝爾菲尼克斯——

第六十話　前「魔王」與大變態戀童癖

這個男人，處處透著神祕。
這個男人，薑是老的辣。
這個男人，文武雙全。
最重要的是——

這個男人，是戀童癖。

……四天王是我軍引以為豪的最強戰士，也是變態的極致。
其中之一的萊薩．貝爾菲尼克斯，現在，就站在我眼前。
雖然他的臉有一半被暗色系的大禮帽遮住……但錯不了。
「那邊那幾個人，膽子可真大，竟敢在吾人面前，企圖對幼童伸出魔爪。」
只憑一句話就完全主宰了場面，這種壓倒性的存在感。

他所醞釀出的這種熱辣辣的壓力，現代人自然不可能抗拒得了。

「你……你是怎樣啦……？」

「……！喂……喂，等一下。那傢伙……不，那位是……！」

就連以蠻勇知名的半獸人族，面對萊薩仍冒出冷汗，嚇得什麼也不敢做。

「速速離開，就不用丟了性命。」

聽到萊薩的威脅，這群半獸人就像脊髓反射似的落荒而逃。

……維達也是一樣，不知道萊薩是不是也在數千年的歲月中有了改變？

我所知道的萊薩・貝爾菲尼克斯，這種時候不會放過對手。

一旦看到有人要危害兒童，尤其是幼女，他就會毫不留情地加以抹殺。無論對方是貧民還是神，都沒有區別。他以前就是這樣的人。

這樣的萊薩，竟然會放擄人集團逃走。

這實在是令人難以置信的驚人改變。

「妳還好嗎，瑪麗？」

「好……好可怕喔，爸爸～！」

幼女撲進露出平靜微笑的萊薩懷裡。

……爸爸，是吧。原來如此，看來他最根本的部分沒什麼改變啊。

不過這無所謂。

說來，他的改變什麼的本來就不重要。

重要的是，要不讓他發現我們，迅速離開現場——

我是很想這樣，然而——

「您好，請問這位先生，您可是萊薩大人嗎？」

羅莎以端莊的語氣問出這樣的問題，讓我想走也走不了。

「正是。吾人就是萊薩．貝爾菲尼克斯……唔。」

萊薩的目光依序在伊莉娜、我與羅莎身上掃過。

他先這麼看過一遍，然後摸摸臉上的一把鬍鬚。

「……拉維爾魔導帝國的女王陛下，是個自由奔放的人物啊。」

聽老將說得有點沒轍，羅莎聳了聳肩膀。

「這句話本座就原封不動奉還給您。我才要問，您會不會太貿然在外走動了？」

羅莎說話的語氣和平常不一樣……

這是怎麼回事？她的緊張感未免太強烈。

萊薩多半和維達與奧莉維亞一樣，被視為傳說的使徒。

因此羅莎會採取殷勤的態度是當然的，但即使如此，我還是滿心覺得她太畢恭畢敬了。

……我這個疑問的答案，就在下一瞬間，由她親自說出了口。

「大教堂現在應該亂成一團了吧。畢竟──『教宗冕下』不見了。」

她說「教宗冕下」？

「這不成問題。巡行市井，照看信徒們，也是吾人的職責。」

……不對，等一下。

「伊莉娜小姐，可以問妳一個問題嗎？」

為了避免引起萊薩的注意，我盡量用最小的聲音，問起站在身旁的伊莉娜。

「說是教宗冕下，也就是說……萊薩大人就是統一教的頂點，這樣解釋對嗎？」

「嗯，是這樣沒錯……你不知道嗎？」

我微微點頭。我知道世上有宗教國家美加特留姆與統一教，但對詳細情形沒有任何興趣，所以之前都不會特意想知道。

只是話說回來……那個萊薩，竟然就是教宗冕下？

對我不抱絲毫忠誠的萊薩，站在崇拜「魔王」的頂點？

到底是怎麼回事？

他是在想些什麼，才會站上那樣的立場？

……我正為了這難以理解的事實納悶，他就看著我的臉，說道：

「這位少年，就是眾人盛傳的亞德．梅堤歐爾嗎？」

「……正是。萬萬沒想到，我一介低賤的平民，竟然有幸拜見教宗冕下的尊顏，實是惶恐之至。」

「不必這麼卑躬屈膝。在吾人看來，平民和貴族都沒有兩樣。重要的是……足下是個身心都很出色的人物，其他都不重要。」

萊薩的目光直視著我。

老將的目光十分犀利，感覺像是看穿了我的一切。

……這個人還是一樣讓人心裡發毛。

即使在我部下當中，他也是極為異樣的人物。

會在軍中揚名的人們，從認識我到出人頭地的過程中，往往會有許多插曲。萊薩以外的四天王更是顯著。

我老姊奧莉維亞當然不用說，維達與阿爾瓦特，也是從第一次見面到加入我麾下，乃至於就任四天王時，都不缺各種精彩的插曲。

然而，就只有這個人，就只有萊薩，什麼插曲都沒有。

他毫無預兆，不知不覺間已經置身於我軍，不知不覺間立下了功勞，一路升上四天王的寶座。

所有的經歷都不詳。哪怕我已經全力調查，仍然查不到一點蛛絲馬跡。

這個人一輩子並未留下任何足跡。我知道的事情只有兩件。他文武雙全，以及是個喜歡幼兒的變態，僅此而已。

……當時由於人才不足，我只好任用他，若非如此，我會放這樣的人在野。

雖然有才能，但不能信任。他多半是我過去所認識的人當中，最令人心裡發毛的人。對我而言，萊薩就是這樣一個人物。

正因如此，我才不想跟他扯上關係。

「……那麼教宗冕下，我們就此失陪了。因為我們必須達成實現女王陛下希冀的重大任務。」

我以半強硬的口氣斷定，就轉身背向萊薩，想帶伊莉娜與羅莎離開現場。

……這一瞬間……

「慢著。所謂女王陛下的希冀，究竟是什麼樣的事呢？」

他叫住我，問出問題。

我個人是很想不予理會，當場離開……但考慮到彼此的立場，就不容我這麼做。

「在美加特留姆觀光。這就是陛下的意思。」

「是嗎？既然如此，就由吾人萊薩來擔任嚮導吧。」

「……啊？」

我不由得發出疑問聲。

「沒有人比吾人更熟這美加特留姆。因此帶人逛街是吾人拿手好戲中的拿手好戲。」

我想拒絕。我想全力拒絕。

「不，可是……勞煩冕下為我們擔任嚮導，實在太……是不是？」

「就是啊……總覺得，會很惶恐……」

沒錯，妳們兩個說得對。

「我也贊同兩位——」

「不必客氣。各位也看到了，現在的吾人，已經脫下教宗的衣服。因此現在，就只是個走在市井間的糟老頭子。而且，各位是吾人重要的客人，吾人認為有義務招待各位……各位意下如何？」

「唔，既然您都這麼堅持了。」

「繼續拒絕，反而失禮吧。」

不，麻煩拒絕他，算我求妳們……

「很好。那麼，我們走吧。」

萊薩嘴邊露出小小的笑容，帶頭走了起來。

……真是的，為什麼會弄成這樣？

我看著從前部下的背影，重重嘆了一口氣。

◇◆◇

美加特留姆是個很特殊的國家，國土只有一個小都市的規模。然而面積雖小，觀光名勝卻很多，每天都有無數觀光客從世界各國湧來。

只花一兩天不可能全部逛完，所以這次我們決定去看特別有名的幾個地方。

「首先，我們就前往最近的鐘塔吧。」

之後……倒也並未發生什麼事情，度過了一段平靜的時間。

也並未發生我所提防的各種麻煩，真的非常平靜，然而——

我還是覺得很不自在。

理由當然是萊薩。

待在他身邊，讓我不自在得受不了，連我自己都覺得不可思議。

該怎麼說……有種無法用言語形容的不好的感覺。

但與我相反的是，羅莎與伊莉娜都聽著他輕快的名勝解說，聽得津津有味，十分開心。

……接著——

低沉的鐘聲迴盪在市街中。

「唔，差不多要天黑了啊。」

萊薩仰望天空喃喃自語，然後看向帶同的幼女——

「瑪麗，妳回家去。這裡很近，一個人也沒問題吧？」

「可以～！再見了，爸爸！」

幼女活力充沛地道別後，大步跑走了。

伊莉娜看著她那樣，歪頭納悶。

「請問，教宗冕下，讓她一個人回家不要緊嗎？」

「嗯。老實說，是想送她回家……但太把她當小孩子看，她又會鬧彆扭。」

「是喔～教宗冕下也會為養育小孩煞費苦心啊。」

「……養育小孩？請問這話怎麼說？」

「咦？呃，那個叫瑪麗的孩子，不是教宗冕下的孩子嗎？」

聽到這個問題，萊薩露出一臉「這女的在胡說什麼？」的表情……

「瑪麗不是吾人的女兒。是第八百二十四萬三千六百一十四位『妻子』。」

「……啥？」

這次換伊莉娜露出「這傢伙在胡說什麼？」的表情。

「不，妻子……咦？那孩子，怎麼看都只有七歲左右吧？記得結婚應該是要十五歲以上才可以……」

「那是拉維爾的法律吧？在美加特留姆，三歲就可以結婚。因此吾人與瑪麗的婚約是合法的。而且，為什麼這麼多國家都不准許十五歲以下的婚約，讓吾人始終覺得不可思議。到了十五歲，不就完全是個老太婆了嗎？」

被暗指為老太婆的伊莉娜與羅莎不發一語，只看著虛空。

兩者的想法都寫在了臉上。

也就是──

由這種傢伙當教宗，真的不要緊嗎？

……不，真的，我也想知道為什麼這傢伙會來當什麼教宗。他明明是最不該當的人。

「好了，觀光導覽也快要結束啦。」

萊薩說得有點疲憊。

模樣簡直像個跟孫子玩累的老人。

……好，這樣一來，總算可以跟這傢伙分開。

我這麼想，然而──

「最後去個歷史博物館，就結束這場觀光導覽吧。」

……看來這不自在的感覺，還要維持一陣子。

於是，我們前往了最後一個觀光地。

說到博物館，就想到教育旅行時，也曾去過博物館。

巧的是，當時也是在四天王的導覽下參觀……但這就先不提了。

這美加特留姆的歷史博物館，和教育旅行去到的古都金士格瑞弗博物館，旨趣大不相同。

金士格瑞弗的博物館，展示的是與「魔王」及其部下有關的遺物……換個角度來看，是以介紹古代世界文化為目的的設施。

相較之下，美加特留姆博物館，則是述說「魔王」轉生後的歷史。

在門口向員工付了極為低廉的入場費後，我們走向了通道。

現在時刻是將近傍晚，但館內仍有許多客人在逛。

我們和其他人一樣，一邊看著展示品，一邊在通道上緩緩前進。

看來這個博物館是特意設計過，只要按照指定的路線前進，就可以按照時間順序，學到從「魔王」轉生至今的歷史。

「嗯……該怎麼說，有種事到如今之感呢……」

羅莎一邊無聊地看著展示內容，一邊喃喃說著。

雖說是替身，但她在檯面上仍是個不折不扣的女王。既然如此，當然從懂事前，就接受了徹底的英才教育。她的學問知識，肯定遠在我們這些學生之上，歷史更是不用說。

「唔，看在足下眼裡，這博物館想必是非常無趣的設施啊。然而……對兩位學生而言，應該可以帶給他們尚未學過的知識。」

萊薩說得沒錯。

學園裡也會教歷史。而且我認為教的內容，應該遠比一般學校要深入……但即使如此，也並不是什麼都能學到。

「是喔～第二次米吉多戰役，原來不是因為蘇爾茲王國的皇太子遭到暗殺啊。」

「教科書上是這麼記載，但看來是有多種說法啊。」

這個博物館相當耐人尋味。

沿著通道一路看下來，就能夠詳細掌握住從古代到現在的詳細來龍去脈。

知道本來不知道的事情，這樣的體驗非常有刺激性。但相對的——

連我不想知道的事情，這博物館也會讓我知道。

「……亞德．梅堤歐爾，足下怎麼看？」

這個來得唐突的問題，讓我皺起眉頭。

「您說怎麼看，是指？」

「從古代到現在的歷史。知道了詳細的歷史後……足下有了什麼想法？」

他的視線像是在考驗我，讓我自然而然起了戒心。

該怎麼回答，讓我有點煩惱……但隨口扯謊，多半會被看穿。

既然如此，也只能說出真心話了。

「……這證明了人類的醜陋，以及愚蠢。我認為從古代到現代的這段路，實實在在可以用這句話總結。因此……儘管覺得這樣很傲慢，但我亞德．梅堤歐爾，不得不對人類這個種族，有種不耐煩的感覺。」

「唔，吾人也有同感。」

萊薩微微點頭稱是，看著眼前的展示品……

他看著過去的戰爭中所用的魔導兵器，開始述說：

「有沒有辦法實現一個沒有歧視、沒有爭端、沒有貧富差距，也沒有病痛的世界呢？」

「……如果認真去想，應該是不可能吧。」

「正是。這間歷史博物館就證明了這一點。人是一種喜歡鬥爭、相互仇恨的可怕生物。

因此別說完全和平，連根絕歧視都辦不到。然而……過去，在古代的末期，確實存在過這樣

的理想國。」

聽萊薩說得沉重，讓伊莉娜戰戰兢兢地開了口。

「您說古代末期……也就是『魔王』大人還在統治世界的時候，是嗎？」

「正是。殲滅『邪神』後，『魔王』陛下致力於統一人類社會。而他也漂亮地達成了。之後，『魔王』大人施行完美的政事……創造出了理想國。」

「……理想國……是嗎？」

我下意識中說出的這句話，極為乾澀。

但對於我聲調中透出的「自我厭惡」，萊薩卻不做任何反應。

他淡淡地說下去：

「那時候，人類無疑是團結一致的。每個人都崇拜『魔王』這個象徵，沒有什麼意識型態的多樣性，一切都完美協調……每個人都很幸福。對現代人而言，多半難以置信……但在那個時代，連『魔族』都不引發問題，與人類和平共存。」

「連……連『魔族』也……！」

「的確是令人難以置信啊。」

……也難怪伊莉娜與羅莎會吃驚。對於現代出生的她們而言，「魔族」是令人忌諱的怪物，也是最大的歧視對象。

但萊薩說得沒錯，那個時代，人類和「魔族」共存。

……不，或許應該說是「被迫」共存。

「將痴人說夢的事實現。『魔王』陛下漂亮地辦到了。然而……就如各位所知，有一天，他自絕性命……之後發生的事，就和各位在這歷史博物館所學到的一樣了。」

萊薩的眼神中，有了憤慨。

彷彿在體現這種情緒，他的語調變強了。

「『魔王』陛下消失為眾人所知後，人類立刻暴露了愚昧的本質。統一的世界轉眼間分裂，開始互相鬥爭、憎恨、歧視……吾人試著勉力阻止，但徒勞無功。人們所創造出來的民意，實實在在是一股四處肆虐的洪流。我們沒能改變這股洪流。」

萊薩握緊拳頭，咒罵似的擠出話語：

「當時存在過的……完美的理想國，早已消失無蹤……吾人想打造的社會，有如幻影似的消失……如今，世界已經成了由一群可怕得令人毛骨悚然的人類所支配的地獄……！」

聽到這番話，羅莎露出五味雜陳的表情，低頭不語。

多半是覺得，她就是萊薩口中令人毛骨悚然的支配者之一吧。

然而，萊薩對於這樣的她，不做任何解釋。

他看也不看羅莎一眼……

反而看著我的臉，說道：

「人類的本質是惡，就只是一種可怕的生物。要支配這些生物，打造出理想國……絕對的支配者想必不可或缺。」

他的眼神裡，有了新的想法。

然而——

我特意不去正視他的這種想法。

沉重的沉默籠罩著我們好一會兒，然而——

伊莉娜開朗的說話聲，打破了沉默。

「雖然要創造出理想的世界，也許很困難！可是，還是值得努力！這次的會議，不也是其中一環嗎？」

也許是沒料到她會有這樣的反應，萊薩愣住似的睜大眼睛。

「雖然會有很多問題，但首先要讓人類團結一致！教宗冕下，您不就是為了這個目的，才找來了五大國的領袖嗎？」

「……足下說得沒錯。」

「果然！教宗冕下真是個善良的人呢！」

「…………唔。」

萊薩凝視著伊莉娜。他仔細看著她的眼睛，喃喃說道：

「……原來如此。雖說年代久遠，但血緣就是血緣。這性格，和『那傢伙』一模一樣啊。」

雖然不清楚他說出這樣的話，是出於什麼意圖，然而——

不管怎麼說，他無疑被伊莉娜弄得戾氣全消。

先前他身上那劍拔弩張的氣氛，已經完全消失。

「伊莉娜．利茲．德．歐爾海德。足下想必會成為創造理想國的關鍵。今後也要和亞德．梅堤歐爾一起好好努力。」

「好的！」

伊莉娜很有精神地答應，露出太陽般的笑容。

……是錯覺嗎？

總覺得萊薩看伊莉娜的眼神，一瞬間閃現邪惡的光芒。

第六十一話　前「魔王」總結這一天

萊薩・貝爾菲尼克斯明明是個超級變態戀童癖，卻爆發了社會情勢的憂慮。因為他而變得沉重的氣氛，被我們伊莉娜小妹妹一掃而空。我們家伊莉娜小妹妹果然很棒，不折不扣是個太陽般的美少女。

多虧了她，待在歷史博物館的時間祥和地過去……

我們在館內逛完一圈，回到入口。

「吾人的觀光導覽就到這裡。羅莎女王，不知道您可還滿意嗎？」

聽萊薩問起，羅莎微微點頭。

「我們增長了見聞，度過了一段很有意義的時間。對冕下實是感激不盡。」

「哪裡哪裡。吾人也散了散心……方才在館內說得激動，很對不住。想來應該也有些話近乎失言……如果各位能夠忘記，那就太感謝了。」

「冕下沒有失言。冕下是如何憂慮『魔王』大人辭世後的世界，本座已經深深烙印在心中。今後本座要更加打起精神，善盡身為王者的職責。」

「……您願意這麼說，實是令人感激。」

談話結束後，我們走了出去。

太陽也差不多下了山，天空開始染黑。

今天這一天，正漸漸迎來結束。

「時候實在弄得晚了些。這下吾人與羅莎陛下都會被部下責罵吧。」

「是啊。不過，本座這邊自然應付得過去。因為我們這邊有亞德・梅堤歐爾在。」

羅莎若無其事把麻煩塞給我，讓我只能苦笑。

「那麼，吾人就此失陪。」

萊薩靜靜地這麼宣告後——莫名地看著我的臉，說了一句：

「近日內再會了，亞德・梅堤歐爾。」

我絕對敬謝不敏。

他丟出這句讓我幾乎忍不住想這麼回答的台詞後，從我們面前離開了。

回大宅途中，天空完全染成黑色，夜晚已經來臨。

街上的景觀，也變得和早上與中午完全不一樣。

魔導式路燈照亮了大街上成排的夜間營業商店。走在路上的人們，形成了一種不同於白天的熱鬧。

精神的根基仍然是個小孩的羅莎與伊莉娜，說什麼要去逛這些店啦，想逛夜市啦……但這終究不能答應。

我先半拖著她們兩人回到大宅……才剛走過門，就被年老的宰相瓦爾多爾訓了一頓，自是不在話下。

之後——

用完晚餐，洗完澡，各自回到自己的房間。我們的房間相鄰，女王若發生什麼變故，我們可以立刻趕去。

只是我根本不打算犯下讓人闖進室內這樣的錯誤。

我和先前一樣，一邊對周圍鋪設偵測魔法網，一邊在自己的房間裡，度過一個人獨處的時間。

「呼。不管什麼時候，床柔軟的感覺都讓人躺起來好舒適啊……」

我讓全身陷進床墊，深深呼氣。

「啊啊，好累啊，今天真的好累。會這樣也全都是……」

萊薩．貝爾菲尼克斯——都是這個老將害的。

我萬萬沒想到，竟然會在那樣的場合重逢。

最離譜的就是，他竟然是教宗冕下。

坦白說，我無法理解。

「……不過他當教宗的理由，我倒是隱約掌握到了。」

他多半是想重現我在古代末期所形成的社會。

所以當了教宗。

坐上了比國王更有壓倒性權力的教宗這樣的位子。

「真沒想到他竟然有那麼強烈的政治思想。」

萊薩這個人，就是充滿了神祕。

我會這麼想，並不只是出於過去的經驗。我雖然任用他，但就思想而言，我始終搞不太清楚他在想什麼。

畢竟他比起其他部下，自我主張比較內斂。

有時主張一些事情，也都是說要救濟幼童。

「在我軍這變態的寶山裡，他算是比較不引人矚目的人物。超級變態戀童癖這樣的傢伙，簡直多到掃都掃不完……雖然這也是有點問題啦。」

萊薩．貝爾菲尼克斯位居四天王之一，卻是個不太搶眼的人物。

他與別人的交流也少……尤其跟我之間更是只進行最低限度的對話。而且談到的內容也幾乎都很平淡，不記得曾經聽他述說過心情。

「扣掉戀童癖好這種個性色彩以外，我一直覺得他就是個冷淡的人……但看來是得改變想法了啊。」

我一邊回想在歷史博物館的那一幕，沉吟起來。

「他的思想很危險。」

他對人類這存在的想法實在太冰冷。

絲毫不相信人類美好的一面，武斷地認定人類就只是醜陋又可怕。

……搞不好，我覺得不知道怎麼跟他相處，最根本的原因就在這裡。

我的想法也與萊薩相同。

我認為人類醜陋、可怕。

然而……我想相信人類並非只有醜陋的一面。

就像莉迪亞以前對人類這個種族……甚至連「魔族」都愛，都相信。

我也同樣，想相信人類的美好。想愛人類。

然而……我和莉迪亞不同，無法由衷這麼相信。

因為我沒有足夠的材料，讓我足以斷定人類並非只有醜陋面的生物。

「莉迪亞即使沒有根據，也能夠相信人類的美好面……想必就是這個差異，讓我們的末路有了分歧吧。儘管有著同等的力量，她被稱為『勇者』而受到大家喜愛，相反的，我卻被稱為『魔王』，成為人們敬畏的對象。」

……我一直以為，以前我是因為有著莫大的力量而受到畏懼，陷入孤獨。

我明白。明白這樣的想法就只是藉口。

是因為我沒辦法相信人類這個種族。因為我無法由衷去愛人類。

所以我才會走上「錯的路」，於是……陷入了孤獨。

「如果不改變這個部分，想必我在今生，也遲早會陷入孤獨吧……我真的是帶著棘手的命運出生啊。」

我想相信人類美好的一面。想認為人類並不是只有醜陋而可怕的一面。

然而……我不知道要如何才能讓自己那樣想。

我把倦怠感隨著呼吸吐出。

別再思索了吧。只會讓自己愈來愈沮喪。

熄燈，就寢吧。

我才剛這麼想。

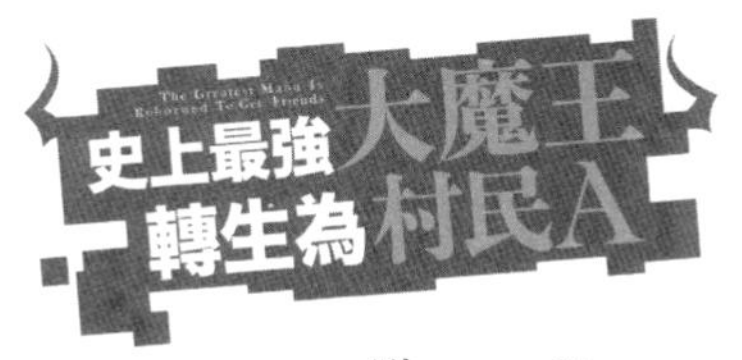

咚咚。

敲門聲迴盪在室內。

是伊莉娜來陪睡了嗎？

我一邊這麼想，一邊回答：

「請進。」

結果打開門的人物……

「……女王陛下？」

是美麗的女王羅莎。

或許是剛泡完澡不久，她美麗的金髮含著水氣，剔透的肌膚染成了桃紅色。

白色的薄紗很透明……微微可以窺見底下的肌膚。

她的這身打扮極為美豔，讓我不由得有點臉紅。羅莎似乎覺得我這種模樣好笑，嘴唇露出嫣然的笑容。

「你好嫩呢。俗話說英雄難過美人關，對房事也都很大膽。但你只是看到女人穿得色一點，就這副德行。」

我找不到反駁的話。

她誘人的身體，不折不扣是一種毒。

我一邊撇開目光，一邊問起：

「請……請問您找我到底有什麼事？」

「嗯，本座是想來要你的種。」

「……啊？」

聽到這太出乎意料的發言，讓我自然而然看向她。

結果發現不知不覺間，羅莎已經逼近到我面前——

「嘿呀♪」

這聲開心的呼喊從她口中發出的瞬間，我被她按住肩膀，推倒在床上。

接著立刻就有一股柔軟的感覺，籠罩住我全身。

是羅莎整個人壓到我身上。

「您……您您……您做什麼？」

「剛剛不是說了嗎？本座是來討你的種。」

「不不不！我們不是這種關係吧？」

「這世上沒有不是情人就不能生孩子的道理。尤其本座是王族，只要對方是優秀的雄性，出身、外表、感情或關係都不重要。只是話說回來……你完美地滿足了每一個條件就是。」

羅莎在我面前舔了舔自己的嘴唇，就像是肉食獸面對獵物時會有的舉止。

「請……請您起來。我除非是和情人，否則不做這種……」

「那你用蠻力推開本座不就好了？你不這麼做，也就表示……呵呵，也就表示你也是一個色鬼。」

我絲毫沒有反駁的餘地。

……對啦，羅莎說得沒錯，我也是蠢男人裡面的一個。

「那麼，本座就要了你嘍♪」

羅莎紅豔的嘴唇，慢慢接近。

我反射性地緊閉了雙眼。

…………然而不管等多久，柔軟的觸感都並未來臨。

我戰戰兢兢地睜開眼睛一看。

「哼……哼哼……！哼哼哼哼哼……！」

映入眼簾的，是嘴巴頻頻顫動，像是拚命在忍耐的羅莎。

接著——

「噗哈哈哈哈哈哈哈哈！這小子當真了！噗哈哈哈哈哈哈哈！還……還像個黃毛丫頭一樣閉上眼睛！噗哈！噗哈哈哈哈哈哈哈哈哈哈哈！」

羅莎滾倒在床上，捧腹大笑。

……原來如此，我完全被擺了一道啊。

「女王陛下興致可真好……玩弄天真男生的純情，有這麼好玩？」

「噗哈哈哈哈哈！別那麼生氣！只是開個玩笑嘛！」

她仍倒在床上不起來，連連拍打我的肚子。

「……是喔。如果您只是來惡作劇的，可以請您出去了嗎？我要就寢了。」

「哼哼，你對女王敢採取這種態度，果然是個了不起的人物。可是……那玩意兒的尺寸就小了點啊。哼哼哼哼哼。」

「……請不要說這種不知羞恥的話。您已經是個不折不扣的淑女了。」

「嗯嗯～？本座說了什麼不知羞恥的話嗎～？本座說的那玩意兒，是指你對女生的膽識呀～哎呀呀～亞德你想像了什麼呢～？你是想像了什麼玩意兒呢～？」

……這女的真讓人火大。

她某方面來說跟維達和阿爾瓦特屬同一類型。

他們也頻繁這樣捉弄取笑我。

「夠了，請您出去。請您趕快出去。」

「別生氣別生氣。接下來才要談正題呢。再陪本座一陣子。」

羅莎先喘了口氣……然後立刻換了個表情。壞心的笑容，變成平靜的微笑。

「今天一整天好開心呢。」

「……是啊，您說得是。」

「發生了很多意想不到的事。其中最值得矚目的……還是伊莉娜。」

「您是說伊莉娜小姐？」

「嗯。在博物館，教宗冕下激動起來的那個場面你還記得嗎？」

「……記得。」

「那個時候，伊莉娜說出來的話……本來應該由本座來說。可是，本座連話都沒辦法好好說。教宗冕下全身散發出來的壓力，讓本座光是承受就已經費盡全力。」

這樣啊。在我看來是沒什麼了不起，但原來對於羅莎這種平凡人而言，當時的萊薩是令人畏懼的對象嗎？

……她還說伊莉娜不一樣。

「她面對那麼嚇人的教宗冕下，卻能堂堂正正說出自己的想法。嘻嘻，感覺就像這個好朋友，在不知不覺間已經去到很遠的地方。帶她去到那裡的，不就是亞德・梅堤歐爾你嗎？」

她用有點悲戚的眼神看過來，我也只能不吭聲。我想不到該說什麼才好。

我還不知所措，羅莎已經饒舌地說下去。

「我剛認識伊莉娜的時候，坦白說，對她的觀感是差到了極點。她個性消極、動輒發脾氣，又倔強、愛鬧事……本座本來還懷疑自己有沒有辦法跟這樣的傢伙好好合作下去。」

羅莎躺在床上，緬懷過往似的仰望天花板。

「……話說，亞德・梅堤歐爾，你覺得伊莉娜怎麼樣？」

「我想想。讓我說的話，可以說上三天三夜，可是……如果要用一句話來總括，大概就是……這輩子獨一無二的朋友吧。」

「呵呵，是嗎是嗎？你真是個好男人啊。」

「哪兒的話，我平凡到了極點。只要和伊莉娜小姐多少有過一些接觸，任何人都會喜愛她。我也只不過是其中之一。」

「嗯，是啊。如果只看她的『表面』，相信任何人都會這樣。可是……知道了真相，仍然能夠繼續愛伊莉娜的人，究竟又有多少呢？」

對於這個問題，我只能再度沉默。

其實我很想說「大家都會一直喜愛她，必定如此」，然而——

就是辦不到，我才會不說話。

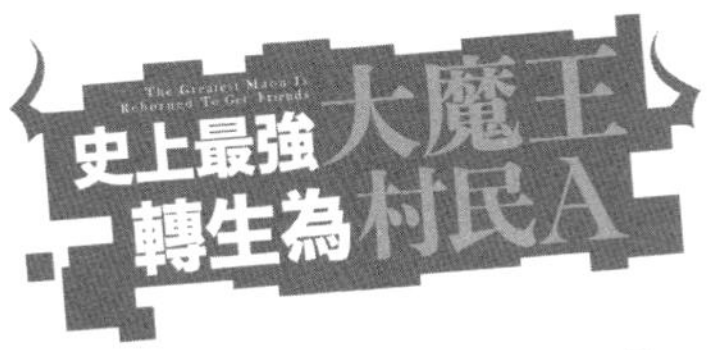

「不過，就算只有你陪在她身邊，對伊莉娜而言應該也夠了。」

羅莎喃喃說到這裡，用力握住我的手——

「……你還記得來美加特留姆的路途中，瓦爾多爾在馬車上所說的話嗎？……人會害怕異物。他說得一點也不錯。本座起初也把伊莉娜當成怪物看待。」

「可是，現在成了重要的朋友，不是嗎？」

「嗯。然而……我們是少數派。搞不好，知道真相後，仍然能夠去愛伊莉娜的人，就只有我們。坦白說……本座無法相信人類。本座認為教宗冕下說得沒錯，人類就只有醜陋的一面。」

「…………」

「因此，如果伊莉娜的真實身分廣為人知的那一瞬間來臨，想必民眾會翻臉不認人。那些把她吹捧成大英雄之女的傢伙，會一起用嫌惡的眼神看她……採取行動，想排除她。」

她握住我手的力道變得更強了。

接著羅莎懇求似的，看著我的眼睛說：

「你要保護伊莉娜。只能靠你了。」

她的表情實在太嚴肅。

因此，我不得不產生疑問。

她為什麼要拜託我這種事。

我正要問出這句話，下一瞬間——

「亞德！我們一起睡……吧……？」

門被用力打開，然後伊莉娜看著我們，全身僵住。

看到伊莉娜這樣，我立刻心想「不妙」。

從她的視角來描述我們的情形，就是——

美麗的女王陛下和我一起躺在床上，雙手交握。

就像是……剛做完那種事情之後。

「這……這這這……！你們在做什麼啦啊啊啊啊啊啊啊啊啊啊啊！」

看到伊莉娜滿臉通紅，眼角上揚，我想說話辯解，然而——

「請……請等一下，這完全是誤會——」

「哼哈哈哈哈哈！伊莉娜啊！妳的朋友實在很行呢！我們肌膚相親那麼劇烈，他卻還嫌不夠呢！」

這個笨蛋女王，給我講出這種話。

「肌……肌肌肌……肌膚……！相相……相親……！」
「哎呀？妳懂意思嗎？哼哼哼。看來妳在那方面也長進了啊。可是妳還是個沒被碰過的在室少女吧？妳這樣要讓亞德滿意，可是痴人說夢喔～」
「唔唔唔……！唔唔唔唔……！就……就算是小羅……！也有些事情可以做！有些事情不可以做吧啊啊啊啊啊啊啊啊啊啊啊啊！」
……真的是各說各話。
這場鬧劇把大宅的僕人和瓦爾多爾都捲了進來，持續了一整晚。

翌日。
早晨十分平靜，彷彿昨天那場大鬧劇根本不曾發生過。
我們在大宅裡寬廣的餐廳用早餐。
由於是招待女王一行人，餐點的內容極為奢華。
「嗯～～這肉好好吃喔～～真想讓席爾菲也嚐嚐。」

「吉妮同學呢？」

「給她馬鈴薯就夠了。」

「呵呵，真是不留情呢。」

美味的餐點。

平靜的談笑。

就是這個。我要的就是這個啊。

這種天下太平的時間，才是我滿心追求的事物啊。

但願整件事一直進行到最後，都能平安無事。

——然而——

「各……各位！不……不不……不得了啊！」

一名僕人滿懷焦躁地打開了門，跑進餐廳的瞬間。

我由衷嘆了一口氣。

……該怎麼說呢，我的靈魂是不是受到詛咒了啊？

為什麼就是會這樣接二連三發生麻煩事呢？

「夠了！吵死了！這可是女王陛下跟前啊！你這個大蠢材，不要大聲嚷嚷！」

「嗯，最吵的人是你啊，瓦爾多爾。還有，你口水往本座臉上猛噴。等我們回國，就採取減薪處置——」

「有什～～～麼事趕～～～～～快說啊！還不趕快報上來！」

被羅莎不快地看著的瓦爾多爾直冒冷汗，朝僕人大吼。

「這……這這……這個！是……是是……是有有有……有客人來啊！」

「客人～？女王不見這種一大早就找上門來的無禮之徒！想也知道是商人之類的吧！這種人趕走就是了！」

「不……不不不……不是，來……來來……來的人是……這個——」

僕人顯得擔心受怕到了極點。

他的背後傳來響亮的腳步聲。

接著——

這名客人踩著悠哉的腳步，走進了餐廳。

「一大早就找上門來，失禮了。實在是抽不出時間……尚請海涵。拉維爾的宰相瓦爾多爾大人。」

「啊……啊啊啊，您是……！」

瓦爾多爾也和僕人一樣，全身發抖、冷汗直流。

出現的客人是……

「……吾人照昨天的宣言，來見各位了。」

「……會不會太急性子了點？」

過去的四天王，現在成了教宗冕下的老將——

萊薩・貝爾菲尼克斯本人。

第六十二話　前「魔王」與教宗的委託

所謂教宗，是獨一無二的人物。

相較於國王可以有好幾個，教宗則只有一個。

在崇拜「魔王」的信仰根深蒂固的現代，教宗被視為全人類的主席，就社會立場而言，堪稱站在金字塔的頂端。

而且他還有著四天王的頭銜，所以萊薩・貝爾菲尼克斯這個人，也就被當成了破格的重量級人物看待。

……這樣的人物不經預約就突然出現，會讓在場的人陷入恐慌也不奇怪。

「怎……怎怎怎……怎麼辦……！」

「冷……冷冷冷……冷靜！首……首先，對了……先奉茶啊！」

僕人們＆瓦爾多爾冷汗直流。發汗量多到令人擔心他們會不會脫水。

相較於方寸大亂的他們，羅莎與伊莉娜則顯得鎮定多了。

她們似乎打算靜觀其變，就只是注視著我與萊薩正面相對，並沒有要說話的跡象。

……本來這種時候，應該要由權限最高的女王陛下來主持。只是，既然她沒有這個意思，那麼雖然並非本意，但也只能由我亞德・梅堤歐爾來說話了。

「……教宗冕下萬福金安，實是不勝之喜。然而真是萬萬沒有想到，貴為教宗冕下，竟然會親自來到這樣的地方。」

「吾人有事請託時，都會盡可能主動拜會對方。這才叫做誠意吧。」

在這個時間點上，我已經很不耐煩。

真不知道他會提出什麼樣的要求。我這輩子第一次這麼痛恨不能選擇拒絕的平民立場。

「……既然是冕下的請託，我們自然樂意效勞。那麼，請問我們該做什麼才好呢？」

「嗯，一如各位所知，距離會議還剩下四天。來賓都已經聚集到這美加特留姆，可以說萬事具備……然而——」

「然而？」

「說來慚愧，但打掃尚未完畢。」

他說的打掃這個譬喻，指的無疑是與「魔族」相關的案件吧。

為了讓會議，以及會後對簽訂和平條約的發表能夠順利進行，萊薩事前肯定進行了大掃除。

結果，潛伏在市街中的「魔族」大致都遭到掃蕩……然而，還是有尚未解決的案件，想交給我們處理——他大概是打算這麼說吧。

「……原來如此，請問件數大約是？」

「剩下三件。其中一件，想請求各位處理。本來，一切都應該由我方處理……但人手實在不足。」

萊薩過意不去地扭曲表情。

大概是覺得他這樣很可憐吧，伊莉娜這時打破沉默，開朗地出聲說：

「教宗冕下，包在我們身上！只要有我和亞德出馬，不管什麼案子都可以瞬殺！」

「嗯，靠各位了。」

萊薩鬆了一口氣似的放鬆臉頰，然而……

怎麼看都有蹊蹺。

他的舉止、話語，全都可疑得不得了。

這肯定另有內幕。

……但話說回來，既然無法拒絕，我們也只能硬是在他手掌心跳舞。

「那麼，吾人來說明詳細情形。」

萊薩親口說出需要解決的案件。

我一邊記憶他所說的內容，一邊在心中喃喃自語。

為什麼會變成這樣——

萊薩所提出的委託，由我和伊莉娜兩個人去處理。

既然我們要離開大宅，這段期間也就無法護衛羅莎。雖說如此，這部分的任務會由萊薩派遣他麾下的聖堂騎士來擔任。

我們暫時放棄護衛任務，為了解決新的任務，離開了大宅。

「那麼，亞德，我們要怎麼辦？」

「就先從打聽情報開始吧。我們要去發生案子的那一帶繞一繞。想來會相當累人……但我們一起加油吧。」

「嗯！只要是和亞德一起，我可以連續工作三天三夜！」

伊莉娜無止盡的開朗，讓我自然而然流露出笑容。

……後來——

我們並未在路上逗留，而是直接前往目的地，照計畫開始打聽。

這次，萊薩交給我們解決的，是發生在都市內的連續凶殺案。

每一具屍體旁，都刻有以「魔族」為中心的反社會組織「拉斯·奧·古」的徽章。

萊薩似乎就是根據這個跡象，斷定這一連串凶殺案是「魔族」所為。

……棘手的是，這一連串案件，幾乎都尚未調查過。似乎是承辦人員覺得不是什麼大不了的事情，一再拖延到現在都尚未解決……

結果就是我們得從頭查起這些案子。

若不是有這樣的情形，去找附近居民打聽情報這種應該在案件剛發生的初期階段做的事情，我不會現在才特地去做。

「咦～？案發當時的狀況？嗯～都已經過了好一段日子耶……」

「……已經久到會讓人記不住了？」

「嗯。大概是一個月前吧。」

這是打聽對象第一號提供的情報。

我們現在打聽情報的地方，是在第一起凶殺案的現場附近。

這個區域鄰近大街，白天經過的人算多，但到了晚上，就幾乎不會有人走動。

據說正因如此，這一帶才會頻繁發生包括凶殺在內的各種案件。

「那肯定是『魔族』幹的！我就看到了！看到半人半獸的怪物在啃食人類！」

這是打聽對象第二號提供的情報。

既然是半人半獸的怪物，那就肯定是「魔族」不會錯。

他們平常是以極接近人族的模樣生活。但處在強烈興奮狀態，就會變身為半人半獸的模樣。

……之後，我們也不辭辛勞地持續打聽，但沒能問出什麼有用的情報。

「唔，打聽情報就暫且告一段落，我們進入現場蒐證吧。」

我們前往凶殺現場。

聽說這人來人往的道路角落，就是第一犯案現場。

「……沒留下『死者的餘聲』啊。」

所謂「死者的餘聲」，是極少數案例下，死者會留下的思念體。

尤其是遭到殺害的人最容易留下，會沒完沒了地訴說對對方的憎恨。

有時還會呼喊著能夠連繫到加害者的內容，所以對於解決這種凶殺案能派上用場……只是話說回來，這次並未留下這樣的思念。

「而且，也沒有魔力痕。如果有留下，就可以追蹤。不過，對方終究不會犯下這種錯誤吧。」

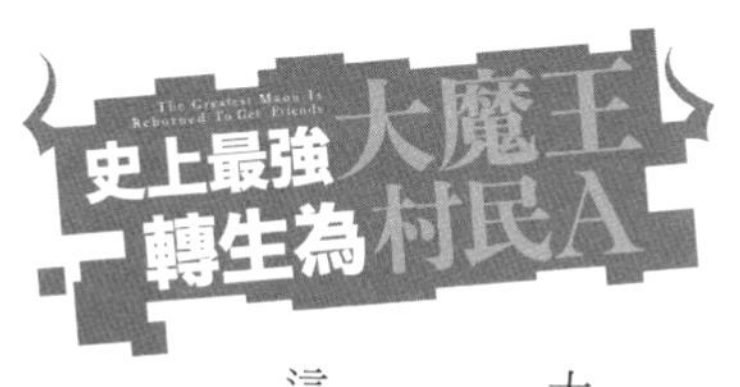

這個現場，似乎已經沒有繼續蒐證的價值。

「最新的凶殺現場就在附近，我們接著就去那邊看看吧。」

我們按照宣言移動，進行現場蒐證。

明明天色還亮，卻幾乎沒有人經過的小巷。

我站在這小巷的正中央，雙手抱胸，進行現場蒐證。

「嗯……說這裡發生凶殺案是兩天前的事情……我本來還有點期待會有靈體留下。」

人死之際，靈體會從肉體這個容器中釋放出來。

先在現世停留三天三夜，然後前往冥府。

這種靈體還留著的時候，就可以用復活魔法讓死者死而復生。

……但現場並未有靈體殘留。

「我本來還期待，如果能夠透過復活死者，直接詢問受害者，就可以朝解決案子跨出一大步……實在遺憾啊。」

「可是，這樣一來，就確定凶手是『魔族』了吧！」

「是啊。扣掉部分例外，將目標連同靈體一起抹殺的技術，就只有『魔族』擁有。因此這個案子，凶手十之八九就是『魔族』，這樣看應該不會錯。」

我這麼回答完，伊莉娜就瞪著地面，握緊了拳頭。

「真的，不可饒恕……！雖然不知道他們有什麼圖謀，但竟然只為了自己需要，就奪走人命……！這些傢伙為什麼老是這樣引發問題……！」

伊莉娜燃起對「魔族」的義憤。

我手放到她肩上，說道：

「為了不讓犧牲者繼續出現，我們就努力盡快解決這個案子吧。眼前……我們就去一趟雜貨店吧。」

「雜貨店？為什麼？」

「為了拿到地圖。也許可以看出對方的圖謀。」

伊莉娜似乎無法理解我的想法，但並不反對。

反而以徹底信賴我的模樣點點頭。

我很想好好回應她的期待……只是恐怕還很難說。

我們前往雜貨店，取得了美加特留姆全國的俯瞰圖。

接著用羽毛筆，在地圖上逐一畫下記號。

「你在做什麼？」

「我在標記變成凶殺現場的地點。可是……唔……看來是白費工夫了啊。」

「魔族」奪走人命的理由有幾種，其中最具代表性的理由，就是為了執行儀式。例如拿靈魂或血液作為祭品，召喚出強大的存在，又或者是詛咒特定人物等等，隨著儀式種類不同，有著許多可能。

「通常要舉行儀式，會準備以法液畫出的特殊魔法陣來進行，但極為大規模的儀式……尤其是要把一整個城市甚至國家給消滅的儀式，就必須畫出覆蓋整個目標區域的特殊魔法陣。」

我本來以為這次的凶殺，目的就在這裡……但看來並非如此。

如果真是如此，用線把凶殺地點連起來，應該可以看出某種魔法陣的樣貌。

然而，就這次的案子而言，看不出任何魔法陣的形狀。

「雖然猜錯了……不過這不成問題。因為能連結到真相的要素還多得是。」

「亞德真有一套！當偵探也是超一流的！」

看到伊莉娜徹底信任我……我產生了些許罪惡感。

我剛剛對她說出的是漫天大謊。

實際上，偵辦可以說已經陷入僵局。搞不好……也許會解決不了。

但話說回來，如果老實說出這樣的現實，伊莉娜多半會很不安。

因此，我為了不讓她的表情蒙上陰影，才會說出逞強的話。

「……眼前我們還是繼續現場蒐證吧。也許還留有什麼痕跡。」

這完全只是樂觀的期望。實際上，根本沒留下絲毫痕跡。

真的是，該怎麼辦才好呢？

我表面上老神在在，內心卻愈來愈焦慮。

我一邊暗自憂慮，一邊帶同伊莉娜，前往附近的凶殺現場，然而——

就在路途中。

剛走進一個有著整排民房，看似住宅區的區域，立刻就碰上了大排長龍的人潮。

「好……好多人在排隊……！到底排了多長啊？」

「這麼長的人龍，在王都也很少有機會見到啊。」

換做是平常，我多半只會當作看見了稀奇的景象吧。

然而——

我的第六感，對這人龍產生了強烈的反應。

我做出這樣的判斷後，從排隊的人裡找了一個來打聽。

「請問，這究竟是在排什麼？」

「啥？怎麼，這位小哥，你不知道『聖徒大人』喔。」

「……聖徒大人？」

不只是我，伊莉娜也歪頭納悶。

看到我們這樣，許多排隊的人都露出顯得不敢相信的表情。

「哈哈，我看你們兩個是外地人吧？」

「就算是外地人，也太井底之蛙了。」

「竟然不知道聖徒大人，真的是很鄉巴佬啊。」

……不過，我和伊莉娜的確出身偏僻的村莊，所以倒也不否定。

「不好意思喔，我們就是鄉巴佬！然後呢？你們說的聖徒大人是什麼人？」

「聖徒大人就是聖徒大人啊。」

「記得本名……是叫做博爾多大人嗎？」

「聖徒大人啊，不管什麼樣的病、什麼樣的傷，都能立刻治好。」

「……哦？這可了不起。」

看來所謂聖徒大人，是個叫做博爾多的小鎮醫生。

讚頌他的人們當中，也有人鄉音很重。從這些跡象來看，這個聖徒大人，名號多半在國外也很響亮。

……只是話說回來，我們是鄉下人，所以現在才聽說這個人。

「這世上真的有好多厲害的人呢。」

「是啊……如果只是個醫術好的醫生，應該是沒什麼問題。」

但我還是覺得耿耿於懷。

我帶著伊莉娜，走進一條小巷。

「怎……怎麼了，亞德？突……突然拉我到這種沒有人經過的地方。」

她似乎誤會了什麼，只見雪白的臉頰微微染紅。

「……因為我要做一些不方便被別人看見的事情。」

「咦咦！不……不，可是，這個……我……我需要心理準備……」

看來她還是有著很大的誤會，所以我決定詳細說明。

「我要用觀察魔法，觀看診所內的情形。被別人看到也許會被懷疑，所以我才會移動到這裡。」

「啊，這……這樣啊。嗯～～」

伊莉娜顯得有點遺憾，但在此我特意無視了。

我立刻發動了觀察魔法。

紅色的幾何紋路……魔法陣，顯現在我們面前。

緊接著，一個類似大鏡子的物體，從魔法陣內側出現。

「好了……我們就來拜見所謂聖徒大人的活躍吧。」

我喃喃說完的同時，鏡面上顯示出了診所內部的景象。

就內部裝潢而言，大概就是鎮上醫師的小小診所吧。

幾個置物架並排，狀似裝了藥物的瓶子放得十分擁擠。

這樣的診療室內，兩名男子面對面坐在椅子上。

一方是明顯一臉病人樣的侏儒族。

仔細看著他的人族男子，大概就是聖徒大人……更正，是博爾多吧。

年紀大約三十後半，剃得工整的落腮鬍很有特色，五官相當端正。

充滿紳士感的美形中年博爾多，露出平靜的微笑，開口說道：

「那麼，今天怎麼了呢？」

「從……從一大早，就……就很想吐……！肚……肚子也拉個不停……！」

「嗯，上吐下瀉，是嗎？有想到什麼可能的原因嗎？」

「沒……沒有……！」

「是嗎……那那麼，讓我看一下喔。」

問診結束後，很快進入觸診階段。

到這一步，都是十分尋常的診療風景，然而——

「看樣子，你染上了很棘手的病。如果用藥物治療，需要花費的時間和金錢都會非同小可。」

「咦咦……！」

「可是請你放心。只要由我來處理，這點小病，只要幾秒鐘就可以治好了。」

博爾多如此誇下海口之後，立刻把右手的指尖碰在對方額頭上。

接著——

顯現出魔法陣，覆蓋住患者全身。

一會兒後，魔法陣化為發光的粒子消散，被吸進患者體內。

緊接著——

「喔……！喔喔喔喔喔……！治……治好了！噁心，還有肚子痛，都完全好了！」

侏儒族男子瞪大眼睛，從椅子上站起。

伊莉娜用觀察魔法看著這番情景，感嘆地說道：

「剛……剛剛那是……！治療魔法對吧……？」

「是啊。而且，還是大大推翻現代常識的魔法。」

在魔法衰退的現代，治療魔法是荒廢得最嚴重的領域。

這個領域的魔法，在古代連讓死者復活都辦得到，現在卻頂多只能治療輕微的皮肉傷。

然而這個叫做博爾多的男子，卻一瞬間就治好了病患的症狀。

「他之所以是聖徒大人，就是因為會施展這種超越常識的治療魔法，是吧？」

如果只是這樣，倒也沒什麼大不了的。

以現代基準而言，這的確是奇蹟的水準……但並非任何人都辦不到。

儘管案例稀有，但人類當中，有時也會誕生超越常識的人物，稱為異常個體。

我今生的父母，以及伊莉娜的父親懷斯，就是最明顯的例子。

他們實實在在是破格的人物，各種任何人都會斷定不可能辦到的事，他們輕而易舉就能辦到。

「除了爸爸以外，我還是第一次看到……！」

伊莉娜似乎認為博爾多也是異常個體之一。

然而——

我有不同的意見。

「唔，這真是……」

我看著博爾多治療下一名病患的情形，喃喃說道。

「這案件非常耐人尋味。」

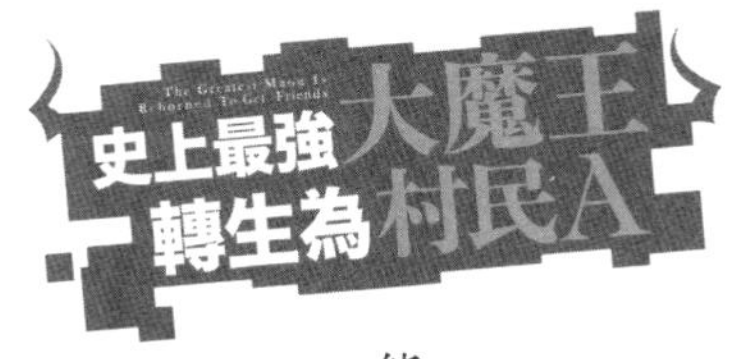

鐘聲迴盪在整個市街。

宗教國家美加特留姆，會以鐘聲的次數來告知時刻，並據此決定人民的行動方針。

這次敲響的鐘聲是十八聲。

這顯示夜晚正式來臨，人們聽見鐘聲，快步走回自己家。

聖堂派遣來的騎士們，一路點亮魔導式的路燈，也兼作巡邏市街。

在這樣的情形下……

診所營業時間結束的同時，博爾多走了出來。

然後，拿著結束營業的牌子，正要掛到門上，然而——

我叫住了博爾多。

「您好，可以占用您一點時間嗎？」

博爾多看向我，然後露出平靜的微笑。

「怎麼啦？你也看到了，診療時間已經結束……如果情形緊急，我會出診的。畢竟盡可能多救一個人，都是我的使命。」

「哦，您可真是熱心啊。」

表面上，我大感佩服似的點著頭。

同時看著博爾多，瞇起了眼睛。

「那我就單刀直入地說了。」

接下來，我必須用只有他聽得見的音量說話。

因為內容不能被在周圍來來往往的聖堂騎士聽見。

接著——

我對眼前的男子，說出了自己內心產生的疑問。

「博爾多先生……請問身為『魔族』的你，為什麼要救人？」

第六十三話　前「魔王」與人性的黑暗面　前篇

路燈的光芒，照亮了美加特留姆的市街。

但被我問到的博爾多，身影融入夜色之中，讓人無法看出他有什麼樣的反應。

然而要推敲是辦得到的。

先前一直隱瞞的祕密，被人唐突地揭穿。

這樣的他臉上，多半正因為驚愕與動搖而扭曲。

「……我們要不要進去再談？」

顫抖的聲調，述說著他的內心。

博爾多的態度，顯得對我害怕到了極點……但也許一切都是演出來的。

這麼想的不是只有我。伊莉娜似乎也有著同樣的想法，所以才會一直看著我。

視線傳達了她的意思。

『怎麼辦？』

我對這個無言問句的答案是——

「好。我們就在診所裡仔細談談吧。」

我決定將計就計。

伊莉娜多半也有預感……在走進診所的瞬間，有被出其不意突襲的可能性。在這種狀況下，對方選擇殺人滅口的可能性極高。

然而，我判斷這不構成問題。

因為我自負無論遭到什麼樣的突襲，都能夠完美因應。

「……太好了。來，請進。」

博爾多發出顯得鬆了口氣的聲音，打開診所的門，請我們進去。

我以不設防的狀態，伊莉娜則表露出戒心，踏入了診所。

突襲——並未來臨。

博爾多關上門後，立刻走到室內深處，拖了三張椅子來。

「請坐。如果不介意，我去泡個茶來吧。」

「不用麻煩了。因為無論接下來會有什麼樣的情形……我們都不打算久待。」

大概是從我的話裡感受到了某種壓力，博爾多被燈光照亮的臉上，流下了一道汗水。

他對我們害怕到了極點。看到博爾多這樣，伊莉娜皺著眉頭開口：

「你……真的是『魔族』？」

「……看妳的表情，應該是第一次看到這麼沒出息的『魔族』吧？」

包括伊莉娜在內，看在現代出生的人眼裡，「魔族」是可怕事物的象徵。

有著壓倒性的戰鬥能力，隨時都在威脅現代社會的絕對之惡。「魔族」就是會讓人有這樣的印象。

把這樣的印象套上去，就覺得眼前的男子實在太不像「魔族」。

看起來就只是個人類的好好先生。

博爾多自己多半也一直在扮演這樣的角色。正因如此，他顯得非常好奇，滿心想知道自己的真面目為什麼會被看穿。

「兩位為什麼會知道我是『魔族』？」

「原因有幾個，不過決定性的因素是……魔力的性質。」

「魔力的……性質？」

「對。人的魔力和『魔族』的魔力，性質有著微妙的差異。」

「……這樣啊。以往我也曾經好幾次被拆穿真面目，但這種情形還是第一次遇到。」

他用右手遮住臉，重重嘆了一口氣。

他的表情裡有著絕望……但又透出一種奇妙的鎮定。

彷彿很習慣這樣的狀況。

「你說好幾次被拆穿真面目……這話怎麼說？」

「就是字面上的意思。我一直隱瞞自己的真面目生活。混在人世中，作為一個人類活到今天。可是……人類這種生物，多半對異物很敏感吧。不知道為什麼，我的真面目總是會被拆穿……每次都讓我失去自己的容身之處。」

他的眼角滲出淚水。

「我還以為，自己已經從失敗中記取教訓，能夠完美扮演人類。可是，結果卻是這樣。這是不是表示，『魔族』終究沒有辦法和人類共存呢？」

共存。

聽到這句話，伊莉娜瞪大了眼睛。

「……你說共存，是真心的嗎？」

「在兩位聽來，多半會覺得這種想法難以置信吧。可是，是真的。我也不屬於任何組織……最重要的是，我無法贊同他們的所作所為。」

「所以，你的目標是共存？」

「嗯。因為我……熱愛人類這個種族。」

他真摯的表情中，沒有虛假的跡象。

當然，也可以推測這可能只是假裝的，然而——

「我說，亞德，不用管這個人也沒關係吧？」

伊莉娜似乎想相信博爾多。

而博爾多似乎沒料到她會有這樣的反應……

「妳……不會想排除我？」

「……嗯。因為我雖然也曾經被『魔族』折磨得很慘，但我知道『魔族』也不是只有壞人。」

「是啊。我們的學友當中，也有人有著『魔族』的血統，但並未引發任何問題。大家都很要好地一起當同學。」

聽到我們的話，博爾多瞠目結舌。

他的表情述說著難以置信的心情。

但同時似乎也有著想去相信的心情。

「這樣啊……我好羨慕你們那位同學啊。」

「你也並非不可能和人類共存吧。當然，前提是你願意一直遵守人世的律法。」

我說到這裡，停頓了一口氣，然後切入正題。

「那麼，博爾多先生，最近，都市內部接連發生凶殺案，請問你知道這件事嗎？」

「……嗯，我知道。我還知道，那個組織的人，由教宗冕下直屬的騎士們處理。」

「雖然無禮，但我就直說了。我們直到剛才都懷疑你是凶殺案的凶手。因為這次的連續凶殺案，我們認為凶手是『魔族』的可能性很高。」

我說到這裡，盯著博爾多的眼睛看，等著他回答。

「……人不是我殺的。是真的，相信我。」

他額頭冒汗，哀求似的說下去。

「我想在人類社會裡找到一席之地。在我看來，『魔族』擺出的態勢是錯的。我認為歧視或虐待其他種族愚不可及。我認為我們所擁有的強大力量，不是用來欺凌他人……而是用來拯救他人。正因為這樣……我才會開設診所，為了拯救該救的人。」

這樣的自己怎麼可能殺人。

博爾多大概是想這麼說吧。

「好，我們就相信你的話。」

「真……真的嗎……？」

「是啊。不好意思，這麼晚了還來打擾，我們就此告辭……好了，伊莉娜小姐，我們回住處去吧。」

我迅速站起，就這麼不回頭地走出了診所。

看在博爾多眼裡，多半會覺得我們的對應方式太乾脆，甚至讓他有種撲空的感覺吧。

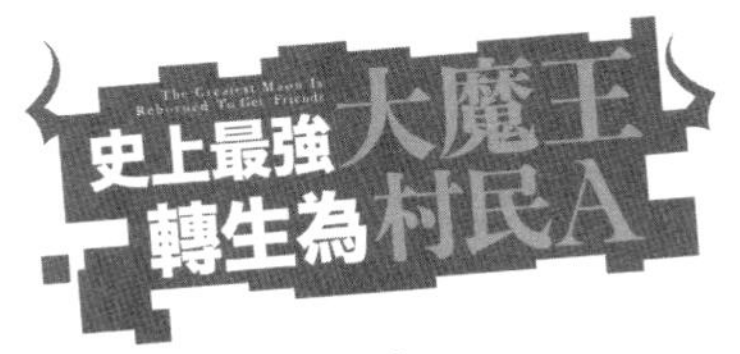

看來對伊莉娜而言，也是一樣。

她走在夜路上，戰戰兢兢地開了口。

「欸，亞德，你相信博爾多先生嗎？」

「妳相信他嗎？」

「嗯……說相信，也不太對……說是想相信他，大概才是真心話吧。」

伊莉娜雙手在胸前用力交握。她的心情，我很能體會。

她想必是在博爾多身上，看到了自己的影子吧。

隱瞞身為異物的真實身分，試圖在人類社會中找到自己的歸屬。

這實實在在，和伊莉娜的人生一模一樣——

而我的人生，也是如此。

所以，我痛切地能夠體會她這種想去相信的心情。

然而——

「不能沒有確切的根據就相信對方。總之，明天一整天，我們就監視他看看。等監視結束，再下結論。」

「……嗯，說得也是。」

伊莉娜有些憂鬱地低頭不語。

我對博爾多所下的判斷，她就這麼不滿意？

我還以為她的想法也差不多。

我正因為無法理解伊莉娜的內心而納悶……

下一瞬間，她就親口吐露出對我這個疑問的回答。

「該怎麼說，會讓人自我厭惡呢。」

「自我厭惡……是嗎？」

「嗯。在抵達美加特留姆之前，瓦爾多爾大人不就說了嗎？說人會害怕異物。還說因此……一旦真實身分被得知，大家都會翻臉不認人。」

「……是啊。」

「我啊，本來一直覺得，沒有這種事。一直想這樣認為。可是——」

伊莉娜的嘴唇開始微微顫抖。

「現在就覺得，不是我想的那樣。因為……我們自己就證明了這一點。」

……啊啊，原來啊。所以伊莉娜才會這麼消沉啊。

人會害怕異物。所以，即使是一直到昨天都還喜愛的鄰居，一旦知道這鄰居其實是異物，人就會翻臉不認人，為了排除異物而展開行動。

希望否定這種想法的同時。

伊莉娜這次，自己就對這個叫做博爾多的異物，抱持了疑惑與恐懼。

他是「魔族」。對人類而言，是不折不扣的異物。

正因為這樣，她才會超乎必要地，懷疑博爾多就是犯案凶手。然而，了解到他的心情後，覺得可以信任他……

到頭來，陷入了自我厭惡。

「我不歧視任何人，無論對方是什麼樣的異物都接受——我本來是這麼覺得……但說不定不是這樣。我對『魔族』的歧視和偏見，說什麼也不會消失……明明我自己，也和他們沒有什麼兩樣，一樣都是怪物。」

看她這麼消沉，我很想說幾句話安慰她。

然而……這很難。

因為我也多少是把博爾多當成異物看待。

內心深處，就是會把這樣的對象當成威脅和平的人物看待。

……伊莉娜說得沒錯，虧我自己也和他一樣，屬於異物。

「亞德，是不是教宗冕下說得對……人類，就是一種只有醜陋面的生物？」

聽到這句聲調陰沉的話語……

我終究還是什麼話都回不了。

回到大宅，用完晚飯，洗完澡，就寢。

然後到了早上。

教會敲響的鐘聲成了鬧鐘。

吃過簡單的早餐後，我將伊莉娜找來房間，照昨晚所說，開始了對博爾多的監視。

對於這個作業，女王羅莎產生了興趣，只是……

她有批閱文件等政務要處理，只好忍痛不參加。

言歸正傳。

發動觀察魔法後，一面大鏡立刻顯現在我和伊莉娜身前。

很快地，鏡子上照出了診療室內的情形。

看來博爾多已經開始工作。

「今天怎麼了呢？」

為了讓病患鎮定，他不改臉上平靜的表情。

他就這麼嚴謹而誠心誠意地善盡職責。

如果病得輕，就進行藥物治療或整復治療。

如果病得重，則以他特有的魔法技術來治療。

「喔……喔喔！消失了！消失了啊！『本來一直待在我身邊的那傢伙』消失了！」

「如果之後還會不舒服，請再來一趟。無論是什麼樣的疾病，我一定會治好。」

那是一種對自己的工作有著自豪的表情。

看上去，治療人們的疾病、拯救病人，讓他由衷感到喜悅。

「感覺他真的是個好醫生呢。」

「是啊，現階段，完全沒有可疑的地方。」

之後我們也繼續觀察博爾多，漸漸加深對他的了解。

現在我覺得，他會被稱為聖徒大人，的確不奇怪。

他實實在在就是個聖人君子。

無論病患富有或貧窮，都一視同仁，毫無例外地治療他們。

但做得這麼好，收取的代價卻是「有這個心意就夠了」，即使對方完全不支付金錢報酬，也絲毫不露出厭惡的表情。

遠比神職人員更有神職人員的樣子。

我由衷覺得博爾多是這樣的人。

「今天怎麼了呢？」

「我……我是沒什麼毛病，可是……我大哥受了傷……！」

「傷勢重得沒有辦法過來，是嗎？」

「是……是啊。雖然要請聖徒大人跑一趟，可能實在太失禮……」

「不會，這不成問題。雖然得讓排隊的各位多少等一下……但相信大家都會體諒的。」

「喔喔……！太令人感謝了……！那麼，我們馬上動身！」

博爾多被這個混混樣的男子帶出了診所。

「……亞德，我說啊，是不是已經不必再監視了呢？」

「是啊，說得也是。」

不只是以目視確認，我還用了所有想得到的魔法來檢查，但博爾多這個男子身上，完全找不到任何可疑的點。

他是個由衷盼望能和人類共存的善良「魔族」。

「判定他無辜，應該不會錯。」

「……總覺得，都變得想支持他了呢。」

我對一臉佩服的伊莉娜微微點頭。

從某個角度來看，博爾多和我們是一樣的。

他對人們慈愛，被笑容圍繞，享受幸福的日常。

但同時，心中充滿了強烈的不安與恐懼……

始終在害怕有朝一日會失去歸屬。

同樣身為異物，我們能夠充分體會他的心情。

正因如此，我才會和伊莉娜產生同樣的心情。

盼望他的祕密永遠不會被揭穿——盼望他的幸福能夠持續一輩子。

……監視結束後，我們立刻上街。

既然知道博爾多是無辜的，連續殺人案的調查也就回到原點。

為了抓住新的線索，我和伊莉娜四處奔走，然而——

「感覺好像有點束手無策？」

「是啊。我們知道的，就只有案子是『魔族』所犯，除此之外，全都是一團謎……坦白說，我本來沒料到會這麼棘手。」

我剛嘆一口氣，鐘聲就迴盪在四周。

這是告知中午的到來。

鐘聲一聲又一聲地敲響。

迴盪的鐘聲間，摻雜著一陣咕嚕叫。

聲音的來源，是伊莉娜的腹部。

「嘻……嘻嘻嘻嘻，要……要不要去吃點什麼？」

「說得也是，餓著肚子就沒辦法幹活。正好眼前有間餐廳，我們就過去看看吧。」

我們在大街上，混在人來人往的人潮中，前往目的地。

一間外觀挺時髦的小小餐館。入口放有狀似記載著菜單的看板，我們先看過菜單，然後走了進去。

終究是午餐時段，客人相當多。店內每一個角落都打掃得很徹底，頗有清潔感，裡頭有著許多桌椅與櫃臺座位……但幾乎都坐滿了。

但幸運的是，一對坐在桌椅座的男女用完餐正要離開。我們就被帶到這張桌，坐下來之後，跟店員點了餐。

「這餐廳好像挺不錯的耶。」

「是啊，裝潢的品味非常好。」

我們暫時拋開查案的事，度過了一段平靜的時間。

然而——

「啥啊！你要跟我們收錢？」

突如其來迴盪在店內的吼聲，毀了這平靜的氣氛。

我湧起些許不悅，朝吼聲來源看了過去。

映入眼簾的是個面相凶惡的半獸人族男子。他身邊站著看似同伴的獸人族男子……我沒輒地聳了聳肩膀。

「喂，不要鬧事。」

「可是老哥！這傢伙想跟我們收錢——」

「閉嘴。你搞不懂刻意僱用檯面下的傢伙是什麼用意嗎？」

看樣子，是獸人族男子的立場比較強勢。

「這位店員，真的很不好意思，我的同伴這麼吵鬧。這是餐飲費，還有……來，這是賠償費。」

「咦！這……這麼多……？」

「不用放在心上。但如果你們可以忘了我們，會幫我們很大的忙。」

兩人和店員有了這麼一段對話後，離開了餐廳。

「他們是怎樣啦！是找碴的客人嗎？感覺好討厭。」

伊莉娜氣呼呼的。

其他客人看來也都有著大同小異的感想，然而……換個角度來看，也可以說，他們只讓人有這種程度的感想。

包括伊莉娜在內，幾乎所有客人都很快地忘了這兩個人，開始享受恢復的平靜。

可是，在此同時——

「怎麼啦，亞德？看你面有難色。」

「……先前的那兩個人，我就是覺得不對勁。」

換做是平常，我會當作只是不值得留意的日常帶過，然而——

第六感將那股疑惑感叫進我心中。

「……唔，這麼說來……」

我手按下巴，開始思索。

一個假設迅速浮現在我腦海中。

「欸……欸，亞德？你看起來怪怪的……怎麼了？」

「這個嘛……雖然什麼都還不能確定……」

我雙手抱胸，喃喃自語。

「也許可以篩選出犯案的凶手。」

「咦咦！」

伊莉娜大聲呼喊，讓周圍的客人都嚇了一跳。

可是，她對此全不在乎，探出上半身。

「所以！凶手是誰？」

「不，我還沒有確切的根據。我想要可以證明推論的材料……伊莉娜小姐，妳對這美加特留姆，了解多少？」

「了解多少？我想基本的知識大概都知道。因為爸爸以前就說過，美加特留姆對我來說也是很重要的地方，所以要我多學習。很多最新情報我也都有在記。」

「哦？那麼……妳對美加特留姆的政治體制和法律，也都有很深的造詣了？」

「還好啦，這些都是當然要學的範疇。」

很讚喔，伊莉娜小妹妹，很靠得住嘛。

「那麼，我要問幾個問題。首先，我想想……比起別國，美加特留姆的法律說得上嚴格嗎？」

「嗯，肯定算嚴。連細節都列出了密密麻麻的法條。爸爸就把美加特留姆稱為法治國家。」

「原來如此。那麼，對人民的管理體制如何。比起我們住的拉維爾，說得上比較出色嗎？」

「嗯～我想肯定很出色……但我個人是覺得有點過火。」

「怎麼說？」

「雖然我不知道是用什麼方法，但美加特留姆把所有國民的資料都進行了徹底管理呢。聽說每一個國民從出生到死的日期是不用說，連收入金額、購買東西的紀錄，所有資料都有在管理。」

「哦。」

「我覺得應該是因為這是個小小的城邦才能辦到。可是……就算在拉維爾能夠重現，我大概還是反對吧。監視的眼光實在太滴水不漏。這樣一來，整個國家簡直就是一個廣大的牢房。」

「就這點而言我是同意……我們拉回正題，既然有著這麼高度的統治體制，應該可以想定犯罪發生率很低吧？」

「不，這未必。」

「這話怎麼說？」

「人類啊，果然一旦受到壓迫，似乎就容易會抗拒……凶殺案之類的犯罪似乎相當多。只是，該說是有點扭曲嗎……」

「扭曲……是指？」

「嗯。犯案的人，以及受害的人，幾乎都是成年人。小孩子幾乎完全不會被牽扯到這樣的情形裡。若要再補充一點……法律等等，也幾乎都是優待小孩，對成年人就毫不關心。」

原來如此啊。我大致上能夠掌握這個國家的政治理念了。

他果然是想重現我以前形成過的社會。

只是話說回來，並不是完全重現，看來是往以萊薩的私心為最優先的方向有所扭曲。

「關於犯罪件數……違法藥物的取締件數，大概有多少？」

「呃，記得是……我想應該非常多。在這個國家，把毒品賣給小孩，就會二話不說被判死刑，但賣給大人，好像就只會被判很輕的罪。藥物似乎到處都有人在買賣。」

伊莉娜說聲「這麼說來」，看著天花板喃喃說道：

「早上，在博爾多先生的診所裡，也有看起來像是藥物中毒的人跑來呢。」

「唔，的確……看來這個城邦，極為扭曲。」

儘管屬於有著最先端統治體制的法治國家。

實情卻是一個萊薩扭曲的想法根深蒂固，只要小孩子幸福就好的地方。

因此……看在黑社會的人眼裡，多半是個很好賺的地方。

只是，多半會需要「花點心思」。

我重新環顧店內，喃喃說道：

「這間店，就像是美加特留姆這個城邦的縮影。」

伊莉娜多半不明白我在說什麼吧。

她歪頭的同時，餐點端上了桌。

「本來我是想慢慢用餐，不過已經不能再這麼悠哉了。我們趕快填飽肚子吧，伊莉娜小姐。」

「嗯……嗯！雖然不知道怎麼回事，但我會努力的！」

我們把用餐禮儀拋諸腦後，只以速度為優先。

裝在盤子上的料理，轉眼間就被塞進胃裡。

「呼……吃飽了。」

我們付了錢，離開餐廳。

「嗚噗……那……那麼，接下來要怎麼辦？又要現場蒐證？」

「不，已經不需要現場蒐證，也不需要再打聽情報。我們現在該先去調查的，並不是現場的狀況或凶手的所在。」

「那麼，我們要查什麼？」

「調查受害人。我們去徹底調查連續凶殺案的受害人吧。如果我的推測正確，這樣做必然能夠接近真相。」

首先得從得知受害人的姓名開始。我們之前都只顧著了解案件內容與凶手側寫，並未著眼於這點。現階段我們連被殺害的人們叫什麼名字都不知道。不知道這些，就不會有進展。

「我們就先前往圖書館吧。關於事件的八卦報紙之類的，應該還有保存。我想只要看過那些報紙，應該至少可以查出受害者的姓名。」

我一邊告知伊莉娜我們要去的地方，一邊快步走在大街上。

就在路途中。

「唔……」

我們在行人當中，發現了博爾多的身影。

「啊，是博爾多先生。感覺是出診完回來路上——咦？亞德，你要去哪裡？」

「去找他。我必須給他忠告。」

「忠告？這話怎麼說？」

「博爾多先生有可能和我們追查的案子有所牽連。」

「咦！可……可是，不是說博爾多先生不是凶手……？」

「是啊，他不是凶手。可是……如果我的推測正確，他的立場岌岌可危。詳情我晚點再說，現在我們趕快去找他。」

我更加快步調，朝博爾多背後接近。

接著，就在我正要叫住他時。

「——呃！」

博爾多的喉嚨發出痙攣似的呼聲。

他的目光所向之處，是集合住宅區……牆邊站著一名年老的女性。

就在我看清這些狀況的瞬間。

集合住宅的三樓窗戶開著，放在窗邊的一盆盆栽往外掉落。落下之處，就站著這個老婆婆……

察覺到危險時，博爾多已經有了動作。

他以非比尋常的速度，縮短與老婆婆之間的距離。

接著他整個人壓在老婆婆身上護住她。

一會兒後，盆栽在他背上砸個正著。

「嗚……！」

他痛得悶哼，但他有著強壯的身體，想來傷勢不會多嚴重。

然而，如果在老婆婆身上砸個正著，萬一砸到要害，也許已經出了人命。

博爾多阻止了這樣的危機，他的行動值得讚賞。

然而……四周路過的人們，什麼話也不說。

他們就只是凝視博爾多的身影，倒抽一口氣。

為什麼？

……因為博爾多的身體，有一部分變成了野獸。

「魔族」平常有著和人類一樣的外表，但發揮真正力量的時候，就會變成半人半獸的模樣。就算不想也會改變。

為了救老婆婆而發揮超乎常人的力量，讓博爾多在無意識中，暴露了「魔族」的形貌。

「喂……喂，你們看他。」

「該……該不會……」

一個、兩個，理解了現狀的人漸漸增加。

不妙。

再這樣下去，轉眼間恐慌就會在民眾間傳播開來。

「這實在沒辦法啊……！」

為了阻止最壞的情形發生，我發動了魔法。

博爾多身邊站了許多民眾，幾何紋路顯現出來，覆蓋住他們的頭部。

一會兒後，紋路化為發光的粒子消散。

成了魔法目標的這些人，仰望著天空，連連眨眼。

「奇……奇怪？」

「總覺得，好像看到了什麼不妙的東西？」

魔法立即見效。

「亞……亞德，你做了什麼？」

「這是忘卻的魔法……干涉精神或記憶的魔法很沒格調，所以我平常極少動用……但這次實在沒有辦法。」

我回答時，民眾就只是不知所措地仰望天空。

博爾多已經趁機瞬間變回人形。

他似乎也不明白發生了什麼情形。

「……實在是千鈞一髮呢。幸好趕上了。」

我一邊鬆了一口氣地說著，一邊帶伊莉娜走向博爾多。

他看見我們，似乎就猜到了一切。

「……看樣子，是承蒙兩位搭救了。」

「請別放在心上。別說這些了……我們走進巷子裡吧。因為我要說的話，讓別人聽見會有點不方便。」

博爾多以僵硬的表情點點頭，聽從我的吩咐。

我們移動到狹窄的巷子裡，確定附近都沒有人經過後，我吐了一口氣說：

「我就單刀直入說了。博爾多先生，你被盯上了。因此，請你避避風頭一陣子。」

聽到這番話，吃驚的「只有」伊莉娜。

當事人則顯得挺鎮定，小聲說道：

「啊啊，果然是這樣嗎？」

「咦？你說果然……這……這是什麼意思啊？」

伊莉娜看看我，又看看博爾多。

她多半還無法掌握狀況吧。這也難怪。

我一邊看向她，一邊簡單地說明現狀。

「博爾多先生處在被當成代罪羔羊利用的立場。」

「代……代罪羔羊？」

「是啊。又或者說是幌子，也許比較貼切。」

「到……到底是誰，做這樣的事情……？」

對此，博爾多比我先做出了回答。

「就是最近那些連續凶殺案的凶手，是吧？」

「……原來你已經發現啦？那麼，你也知道凶手是誰了？」

「我沒有確切的根據，也不確定是誰。可是，我就是隱約發現到了……只是話說回來，我也是直到剛剛才發現我被排進了他們的計畫當中。」

他說到這裡，表情仍然鎮定得甚至有點不自然。

……他的表情讓我覺得眼熟。

前世我就常常看到。

他臉上有著對自己的人生絕望的表情。

和以前的我始終貼在臉上的表情，一模一樣。

「……該怎麼說，是不是抽身的時候到了呢。」

「你說抽身……是指？」

「已經差不多該把店收起來了，就是這麼回事。」

「……你要放棄嗎？放棄你想在人世間找到一席之地的目的？」

「是啊。看樣子，我就是這樣的命。不管我怎麼努力，下場還是一樣。我會被人們所恐懼、憎恨、排除。造物主就是定了這樣的命運給我。」

「才……才不會這樣！至少，我們就不討厭你！對吧，亞德！」

「是啊，伊莉娜小姐說得沒錯。博爾多先生，你千萬別想不開。人生在世，是禍是福還很難說。」

他一句話也不回。

就只是以平靜得不自然的表情，看著我們。

「博……博爾多先生，不是一直都陪伴著大家嗎？治好了多得數不清的人！受到大家愛戴！大家一定都很感謝博爾多先生！這些感情，絕對不會被推翻！人類……………人類！不是蠢到會做這種事情的生物！」

伊莉娜始終想相信人類美好的一面。

她真摯的眼神，訴說著這種心情。

然而……博爾多表情不變。

這個已經參透了一切，對一切都絕望到底的人臉上，看不出任何變化。

「……你聽好了，請你相信我們，因為我們不會害你。總之就如先前所說，請你避避風頭。可以吧？」

「嗯。」

他空洞的眼神裡，已經不剩下半點氣力。

……雖然有點不放心，但現在也只能先丟下他不管。我們也有該做的事情。

我們要盡快解決案子，然後，保護博爾多。

一切都等解決這些問題再說。

「……我們走了，伊莉娜小姐。」

「嗯……嗯。」

我轉過身，背對博爾多。

這時——

「我說，亞德。你昨天說，你的學友當中就有『魔族』，對吧？」

「……是啊，怎麼了嗎？」

「你們這位同學，叫什麼名字呢？」

「……是個叫做卡蜜拉的女學生。」

「這樣啊，叫卡蜜拉是嗎？那孩子真幸福，因為有一群像你們這樣的朋友……可以幫我帶一句話給她嗎？幫我跟她說，無論今後發生什麼樣的事情，都不可以忘了對人類的愛。」

他的話裡，蘊含了什麼樣的意圖呢？

要推敲很容易，然而要解決，則已經……

「好的，我會轉告她。」

「嗯，謝謝你。」

我平淡地和他對話完之後，這次真的帶著伊莉娜走了。

……我特意對身後傳來的細小說話聲聽而不聞。

「我已經……累了。」

第六十四話　前「魔王」與人性的黑暗面　後篇

「這個案子，我會在今天之內解決——一定。」

前往第一目的地——圖書館的路途中，我瞪著虛空，這麼宣告。

這是對誰宣告呢？

不是對伊莉娜。

硬要說的話……是對命運這個概念宣告。

我們快步前往圖書館，先查出連續凶殺案的受害者身分。

知道他們的名字和身分後，立刻和相關人士接觸。

然後……結束這一連串調查後。

鐘聲迴盪在市街中。

我聽著這告知夜晚來臨的聲響，看著伊莉娜的臉，說道：

「好了，我們去做個總結吧。」

「嗯……！」

我們相視點頭，然後並肩踏出腳步。

所向之處——

是富裕階層所居住的高級住宅區一角。

住在這豪宅的屋主，就是我們要找的人物。

首先我們走向巨大的門，對衛兵說話：

「這棟豪宅的主人，是拉茲貝利商會會長柯德．拉茲貝利先生沒錯吧？」

「正是如此……倒是你找我家主人有什麼事？」

「想請你幫我帶一句話，說是有個國家裡最尊貴之人的隨從，來談生意。」

換做是平時，相信對方會對這句話一笑置之。

只是，處在幾天後就要進行五大國會議的現狀下，我所說的話，就有著一定的現實感。

「……請稍待。」

衛兵消失在門後，過了大約十分鐘。

「主人准許會面了。但進去之前，必須先搜身。」

我們全身上上下下都被搜了個透，對方認為沒有問題後，我們也就老實不客氣地進了大門。

之後立刻有著看似負責帶路的男子來迎接。

我們照他的吩咐，走進中庭，進了屋子。

就如我們的想像，這棟豪宅的裝潢無謂地金碧輝煌，高價的壺和繪畫之類的放得滿屋子都是。

有人說看房子的裝潢，就知道一家之主的個性……這句話的確說得很準。

「老爺在這個房間等候。只是給兩位建議，只要稍稍覺得無望，就請立刻抽手。」

男子事務性地平淡說完，就從我們身前離開了。

「……那麼，我們就去見見對方吧。」

我抓住門把，慢慢打開門。

這個房間也是大而無當，過度的奢華十分醒目。

這樣的房間正中央，擺著一張高級沙發，坐在上面的中年男性……他就是我們要找的柯德·拉茲貝利。

他散發著一種成功人士醞釀出來的獨特氣場。他朝我們看了一眼，同時露出燦爛的笑容。

「嗨，兩位貴客。他們說得沒錯，兩位還真年輕。」

他以爽朗的口氣對我們說話。

「不過還是先請坐吧。我叫人去準備個飲料——」

「不用，都不需要。因為我很快就會說完。」

我斬釘截鐵地說出這句話，然後緊接著說下去：

「首先我要道歉。我們對你說了謊。我們並不是來這裡談生意的。我們……是來『審判』你的。」

大概是我的發言太出意料，只見柯德睜圓了眼睛，張大了嘴。

「啥？審判？」

「正是。最近，發生了驚動街坊的連續凶殺案，這你應該知道吧？」

「當然知道。因為我也有個親信遇害。」

「是啊，看來是這樣……結果，讓你的立場變得堅若磐石。透過把這個威脅到你地位的優秀親信，從這世上抹去。」

我流暢地說下去。

說著說著，對方的表情逐漸變得悠然自得。

「原來如此啊，所以你要說我就是犯下這些案子的凶手？……那麼，這樣的你們，究竟是什麼人呢？你們對門口衛兵說的話，全都是假的吧？」

「我就姑且只說，是某位人士將案子交給我們解決吧。」

「某位人士是吧……也好。那麼，為什麼你認為我是凶手？」

他依然露出老神在在的笑容，向我問起。

我對這樣的對象，說出我的論點。

「起初，我認為這些案子是『魔族』犯下的。從現場附近的居民口中問出的證言、透過現場蒐證得到的情報，把這些都考量進去之後，我做出了凶手肯定是『魔族』的判斷。然而——」

「就是發現說來說去，這個案子不是『魔族』也辦得到！對吧，亞德！」

我對插話的伊莉娜微微點頭。

「我們進了一間餐廳，在那裡知道了這美加特留姆的法律與統治體制，讓我腦中浮現了一個假設。那就是——」

「這些案子！可能是人類故意誤導，讓人以為是『魔族』下的手！你就是想到這個吧，亞德！」

伊莉娜把最有甜頭的話都搶去說了，但她這些地方都讓我覺得好惹人憐愛。

「沒錯。我就是想到，這些案子可能是人類所引發的。之後，我們針對受害者進行了徹底的調查。查得非常徹底……從檯面上的身分到檯面下的身分，都查了個水落石出。」

「……哦～」

「調查結果，發現這些受害者表面上都是平凡而善良的市民，然而……其實都是暗中進

行毒品買賣的黑幫組織成員。」

「會因為這些傢伙死了而得到好處的，就是你！拉茲貝利商會的頭目，柯德‧拉茲貝利！」

「又或者……該稱你為毒梟之王呢？」

我這麼宣告的瞬間，他的臉上出現了變化。

貼在臉上的笑容裡，開始充滿黑色的情緒。

「你檯面上與檯面下，是兩張不同的面孔。表面上是正當的商會負責人，然而……檯面下卻是君臨黑社會的黑幫頭目。而這次的連續凶殺案中死亡的人們，全都是你敵對組織的幹部。」

「這些人死了，會得到最大好處的是誰！沒錯，就是你！你殺了礙事的人，還打算把罪全都推給博爾多先生！把盆栽往老婆婆頭上推下去，也是你指使的吧！你千方百計想讓博爾多先生的真面目曝光，誣陷他是犯案凶手！我告訴你，這些全都瞞不過亞德！」

伊莉娜說到這裡，先頓了頓，觀察對方怎麼出招。

……看樣子，他打算裝蒜。

「這妄想真有意思。你們說我是黑幫的頭目，還是連續凶殺案的主謀。哼，實在離譜。我這個人一向不做不賺錢的買賣，還有風險太高的買賣……呃，叫你亞德，可以嗎？你剛剛才說，你知道了這個國家的法律和統治體系，沒錯吧？」

我點頭回應，他就嘲笑我似的嗤之以鼻。

「那你應該就會知道，在這宗教國家美加特留姆，經營黑幫組織，企圖牟取利益，是風險多高的行為。在這美加特留姆，每一個國民的收入不用說，就連購物的紀錄也都會被徹底掌握。假設在這樣的國家，做出想賣毒品來牟利的行為，那實在──」

「你是要說，因為不是透過正當買賣得到的東西，這些錢也就非隱瞞到底不可。如果想動用這些錢，就會因為動用來歷不明的錢，立刻遭到逮捕。」

「那當然了。在美加特留姆這種管理得太徹底的社會，從事黑幫活動，是一種高風險、零報酬的生意。畢竟不管賺了多少錢，都沒辦法拿出來用。」

柯德聳著肩膀，繼續說話：

「一旦動用，立刻就會被繩之以法。這樣的錢不管賺了多少，不都是白費工夫嗎？如果有辦法帶到國外，也許還有價值。但遺憾的是，這個國家的體制，就是讓人辦不到。美加特留姆這個地方，對黑幫組織而言，何止是地獄──」

「只是我認為，這是不知道黑社會能如何魔高一丈的無知之人才會有的想法。」

我正視陷入沉默的柯德雙眼，繼續說下去：

「的確，在美加特留姆，沒有辦法動用來路不明的錢，也沒辦法帶出去。然而……就算

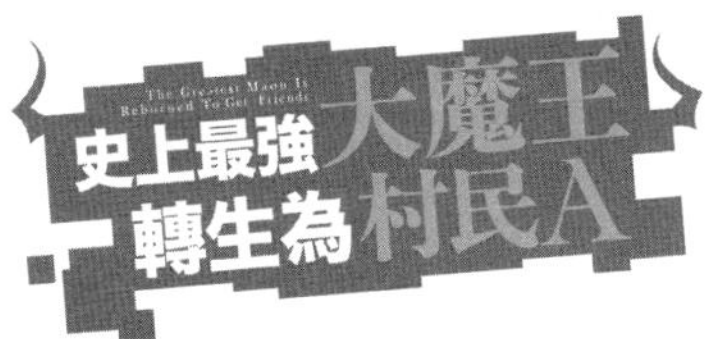

是沒辦法動用的髒錢，只要洗得乾乾淨淨，也就會變成可以用的錢。也就是……」

「Money－Money……對了！是Money Laundering（洗錢）！」

「正是，伊莉娜小姐。妳的記憶力真了不起。」

「哼哼！」

她得意地挺起胸膛的模樣，惹人憐愛的程度簡直遙遙領先森羅萬象。

看到這樣的伊莉娜，我自然而然笑逐顏開——但另一方面……

柯德的表情變得有些陰沉。

他的笑容凋零，眼神微微變得尖銳。

我對他這樣的反應送出微笑，繼續說下去：

「我們去到某間餐廳時，看到了一群像是黑道的人。所以我才靈光一閃，想到那間餐廳是不是用來洗錢的。然後我就讓思考繼續飛躍……結果，就追查到了你身上。」

這宗教國家美加特留姆，是萊薩以他的方式，重現我在古代末期所形成的社會。

因此，在美加特留姆的黑社會所從事的勾當，就和他們在古代末期的同類所做的事情一模一樣。

……只是話說回來，當時身為古代末期統治者的我，不肯放縱這些反社會組織作亂，黑幫之類的集團最終都潰滅了。

然而這個國家的統治者萊薩，對黑幫並不關心。

只要不把毒品賣給小孩就無所謂。

只要不威脅小孩，拿走他們的錢，就無所謂。

訂出的一條條法律，體現出了萊薩扭曲的本性。

因此——

「只要小心不對小孩子下手，想來這個國家對黑幫而言，簡直是個樂園般的地方。你也這麼覺得吧，毒梟之王先生？」

接著，我指著眼前的男子……美加特留姆最大的黑幫頭目，斷定說：

「這次的連續凶殺案，是人類佯裝成『魔族』所做的案子。而指使部下犯案的……就是你，柯德·拉茲貝利。」

對方貫徹沉默好一會兒後，隨即笑逐顏開，開始哼哼幾聲笑了出來。

甚至還鼓起掌來。

「哎呀，漂亮。你說得對，一切都是我指使的。」

柯德很乾脆地承認犯行，但他的眼神中並沒有死心的神色。

反而……蘊含著要把礙事的人排除掉的強烈惡意。

「只是話說回來，還真讓人沒轍啊，『那位大人』也是個大壞蛋。說什麼這種交易有利

無弊，卻還派走狗找上門來。只是話說回來……我也早料到會有這種情形，事先做好了準備。」

柯德一說完，就踏響地板兩聲。

咚咚兩聲堅硬的聲響響起後。

門立刻靜靜地開啟，許多人湧了進來。

「他們都是專門從事黑社會工作的魔導士。尤其殺人的本事，我敢斷言他們遠比檯面上那些傢伙高竿多了，裡頭還有人暗殺了某國的主力魔導士……好了，你們可明白自己是處在什麼樣的狀況？」

「嗯。伊莉娜小姐，妳怎麼想？」

「哼哼！那還用說！」

她老神在在地哼了一聲，然後，盯著我的臉看。

我這位好朋友美麗的眼眸裡，有著確切的期待。

「幹掉他們！亞德！」

「我明白了。」

為了回應朋友的期待，我面露微笑──啪一聲彈響了手指。

剎那間──

將我們團團圍住的所有魔導士，全都應聲倒地。

簡直像一群斷了線的傀儡。

「………………啥？」

柯達到剛才還浮現在臉上的笑容，已經不知道跑哪兒去了。

他啞口無言，張大了嘴合不攏。

「這……這是什麼情形……？到底……發生了……什麼事……？」

「我沒有做什麼值得那麼震驚的事情。就只是彈響手指，把聲響提昇到幾千倍，直接送進他們腦子裡而已。」

「……啥？」

「這沒什麼，就是個不值一提的小戲法……只是對你而言，也許會覺得是一場世紀魔術表演。」

柯德依然完全無法理解發生了什麼事，以及正在發生什麼事。相對的，我們伊莉娜小妹妹則滿臉得意地挺起胸膛。

「哼哼！這就是我的亞德！坦白說我根本搞不懂他做了什麼，但總之就是很厲害！是世界第一厲害！我的好朋友超級無敵厲害！」

她的模樣就像誇耀自己有多麼厲害，讓我覺得她簡直就是由可愛濃縮而成的結晶。

比起她的可愛，我的戰鬥能力就跟渣沒有兩樣。

真正的世界第一是伊莉娜。

「你……你這傢伙，是什麼人…………啊！對……對了，亞德・梅堤歐爾這個名字我聽過……！和名震拉維爾魔導帝國的神童，是同一個名字……！你……你就是那個亞德・梅堤歐爾嗎……！」

「哼哼哼的哼啦！真不愧是亞德！名聲轟動到國外來了！」

看來大概是因為最近搞出了太多事情，讓我的名聲非我所願地正在整個大陸傳開。我由衷慶幸奧莉維亞不在場。

我一邊聳聳肩膀表示沒轍，一邊對柯德問起：

「那麼毒梟之王先生，我有一個問題要問你…………幕後主謀是誰？」

「幕……幕後主謀？」

「是啊，這次的案子，是人類佯裝成『魔族』所犯，然而……並不是從頭到尾都由你所指使吧？」

柯德只是冒著冷汗，什麼都不回答。

為了追查到底，我繼續問下去：

「你有著一批相當優秀的人才，因此大概沒多少事情難得倒你。但這次的案子裡，有唯一一件事，是連你也不可能辦到。那就是……將受害者連同靈體一起抹殺的行為。只有這點你絕對辦不到。」

柯德私人所僱用的精銳部隊，在我們四周倒了一地。

看在現代人眼裡，他們的實力多半只能以驚奇兩字形容。但即使如此，我認為其中沒有任何一個人，有能力將人類連同靈體一起消滅。

「還是說，你還藏有作為王牌的保鏢不動用？……不，應該不會有這種情形吧。如果真是這樣，你應該早就叫出來了。」

我送出犀利的視線，柯德就擔心受怕地開始方寸大亂。

「我……我不知道！這……這件事，是我一個人——」

「哎呀，你忘了自己的發言嗎？你剛剛才說過吧？『說那位大人也真是個大壞蛋』……那麼，那位大人是什麼人呢？還請務必告訴我。」

「這……這個……！」

柯達冒出大量的冷汗，視線亂飄得無以復加。

……也罷，其實我也大概猜得到。

只是，我沒有確切的根據。

本來我打算從他口中問出來，只是……

「嗚……！唔唔，唔唔唔唔唔……！」

柯德毫無預兆地按住胸口，開始痛苦掙扎。

「亞……亞德……！這是……！」

「啊啊，看來對方果然事先做好防範了。」

如果可以，我是希望治療這個受苦的人，說什麼也要從他口中問出情報，只是……看來辦不到。

在幕後操縱柯德的人物，用上了完美的滅口手段。

發生特定狀況時，就將目標連同靈體一起抹殺。

誓約魔法（Geass）當中，就有這麼一招。

如果施法者只有尋常的本事，我可以在效果發動中解析術式，將法術癱瘓，然而……看來如我所料，對方似乎有著強大的力量。建構出來的術式極為難解，要在時間限制內解析完畢，就連我也很難辦到。

因此——施加在柯德身上的魔法，充分達成了目的。

「他……他死了嗎？」

「是啊，很遺憾。」

雖然沒能從他口中問出確切的消息，但也罷，這也沒辦法。

對於幕後主謀是誰，我已經大致猜到。

而對方想來也不會打算立刻把我們怎麼樣。

對於這件事，目前應該可以靜觀其變。

「不管怎麼說，案子就這麼結束。教宗冕下派下來的任務，也就算是完成了……我們留在這裡也沒有事情做了，就告退吧。」

「嗯……嗯。這是沒關係……可是屍體之類的怎麼辦？」

「這不成問題。相信善後處理之類的工作，教宗冕下會為我們處理好。」

相信他現在也「正在看」。

「我們該想的事情只有一件，那就是要如何照顧博爾多先生。現階段這就是我們唯一該做的事。」

「說得……也是。眼前，就先去報告案子已經解決吧。」

我對她的意見點頭贊同，然後以偵測魔法尋找博爾多的所在。

……看來他待在診所。

要他避風頭的忠告，他終究聽不進去啊。

我先嘆了一口氣，然後帶同伊莉娜走出了房間。

僕人們似乎還不知道主人的狀態。我也沒必要特地告訴他們，所以默默走過通道，經由

中庭走出門。

「……對了，伊莉娜小姐。住在這美加特留姆的居民，幾乎都是聽鐘聲行動吧？」

「咦？嗯，是啊。因為虔誠的統一教信徒很多嘛。」

教會敲響的鐘聲，對這個國家的人民而言就是行動方針，也是絕對的命令。

例如說，只要中午的鐘聲響起，幾乎所有人都會開始休息或吃午飯。美加特留姆的國民幾乎所有的生活步調，都完全按照教會的指示走。

「這怎麼了嗎？」

「……我想到一些可疑的點。」

我下意識地加快步調，一邊趕路，一邊說出讓我心神不寧的原因。

「告知夜晚來臨的鐘聲已經響起……大多數的民眾，也都會隨著鐘聲回家。然而，博爾多先生的診所附近，卻莫名地還擠滿了人。」

「咦？怎……怎麼回事？」

「不知道。因為偵測魔法沒辦法連這麼細節的狀況都掌握清楚。不知道他只是延長了看診時間，還是說……」

發生了某種問題？

就在我想到這裡時——

「——！亞……亞德！」

伊莉娜拍著我的肩膀，指向遠方的天空。

她顫抖的指尖所指的地方……冒起了大量的灰色濃煙。

「那個方向，是博爾多先生的……！」

糟透了。

腦海中浮現出這句話的同時，我發動了空間轉移的魔法。

換做是平常，我絕對不會動用。因為這個魔法在現代太不合常理。

然而，現在事態緊急。

發動的瞬間，視野轉黑。

緊接著，眼中所見的景觀變了。

從大街換成博爾多診所前的景象。

結果——

我和伊莉娜同一時刻瞪大了雙眼。

「不會吧……？」

我由衷希望，自己眼中所見的景象是幻覺。

然而，我們兩人眼中所見的景象，一模一樣。

那就是——

熊熊燃燒的博爾多診所。

看到這個景象，民眾大聲稱快。

「活該，你這個怪物！」

「騙了我們那麼久！」

「下地獄吧！骯髒的『魔族』！」

風聲到底是從哪裡走漏的？

知道博爾多真面目的人，記憶應該都被我竄改了。

……不，現在最重要的不是這種事。

「欸……欸，亞德，博爾多先生呢？他應該沒事吧？」

「…………」

「因為，你也知道，他是『魔族』嘛，比人類強得多了。就算被人放火，也根本是小事一樁吧？」

「…………」

「亞德，是不是嘛？」

「…………」

「亞德，你說話啊。」

對於他處在什麼樣的狀態，伊莉娜多半也隱約猜到了。

然而，她並沒有確切的根據。

在我開口說出來之前。

在伊莉娜心中，那懷著期望的妄想仍是真相。

所以——

「……是啊，沒有任何問題。看來博爾多先生早就料到會有這樣的情形了。沒錯，這大概算是移居到新天地的事前準備吧。」

「嗯，就是說啊。畢竟他是『魔族』的事情都拆穿了，總得要把經歷抹掉才行嘛。他製造自己已經死在這裡的事實，然後懷著全新的心情，在新的地方努力。一定是這麼回事吧？」

「……我想妳說得沒錯。」

她多半也隱約發現了吧。

她的眼睛被淚水沾濕。

……沒錯。我所說的，全都是謊言。

的確，「魔族」的肉體很強韌。即使不動用防禦魔法，也不會被這點火給燒死。

前提是處在半人半獸的狀態下。

至於維持平常人類的外表，也不動用防禦魔法的情形……

耐力就和尋常人沒有任何不同。

「博爾多先生現在多半很傷心，所以我們先讓他一個人靜一靜吧。」

「就是說啊。他一定想一個人靜一靜吧。可是……總有一天，會再……」

伊莉娜沒把這句話說完。

燒燬的診所。

看著這景象而笑的人們。

面對這彷彿將人類黑暗面濃縮而成的可怕光景——

我只能握緊拳頭。

第六十五話　前「魔王」與會議前的日常

即使一名善良的男子走上悲劇性的下場。

對於這個世界而言，多半也不是什麼特別的事情。

無論我們如何悲嘆度日，太陽還是會升起。

並且——

早晨，仍會確實來臨。

小鳥鳴叫，陽光將市街照得亮麗無比。

窗外展開了這麼一片令人神清氣爽的早晨風景。

相信今天走在路上的人們，臉上也洋溢著活力。

但這些人們當中，已經沒有他的身影。

……那一夜之後，過了兩天。

現在，我人在大宅的餐廳裡，和羅莎一起用早餐。

伊莉娜不在場。
之後她悶悶不樂，一回到大宅，就把自己關在房間裡。
我認識伊莉娜很久，但從不曾看她這樣。
羅莎似乎也是一樣，看到好朋友這麼消沉，起初也受到衝擊，然而——
她立刻換上堅毅的態度，找我質問伊莉娜發生了什麼事。
我把一切說完，羅莎就說了一句話。
「……是嗎？」
就只是這樣。
想必她也沒有別的話可說。
我和羅莎，都決定給伊莉娜時間，讓她一個人靜一靜。
「…………喂，亞德。」
銀餐具輕輕發出聲響的餐廳裡。
羅莎的聲音混在這些聲響中。
「明天就是會議了。可是……該讓伊莉娜缺席嗎？」
我停下用餐的手，看著她的臉，回答說：
「如果她缺席，那我也會離開護衛的崗位。理由相信不用我說，您也能理解吧？」

羅莎以心照不宣的表情點點頭。

如果伊莉娜只是個平凡的學生，我多半會擔任羅莎的護衛，一起參加會議。

然而，伊莉娜的立場並不平凡。

正因如此，我才不能離開她身邊。

伊莉娜是「邪神」的後裔。因此那些「魔族」……不，是反社會組織「拉斯・奧・古」，一直虎視眈眈地覬覦她。

只要拿伊莉娜的靈魂當成祭品，舉行儀式，就能讓「邪神」復活。他們對此深信不疑。

也因為有著這樣的情形，伊莉娜隨時都需要護衛。

肩負這個職責的就是我。

「雖然說是已經殲滅了他們潛伏在美加特留姆的人……但還是不能大意。」

「是啊，也許他們正虎視眈眈，伺機而動。」

為的是殺進會議，進行恐怖活動。

又或者……

是為了利用會議當誘餌，成功綁走伊莉娜。

「根據我的想定，『魔族』永遠有兩個目的。一是恐怖活動，二是誘拐伊莉娜小姐。我會盡可能努力阻止這兩種情形，然而……如果遇到只能擇一的局面，我會毫不猶豫地選擇伊莉娜小姐。」

「也對啊。嗯。如果伊莉娜的精神狀態到明天還沒恢復，本座會找代理的人擔任護衛。你就陪在伊莉娜身邊吧。」

我點頭贊同羅莎的想法，緊接著——

餐廳的門打開，一名僕人走了進來。

「有……有客人，來了。」

看到這似曾相識的光景，我和羅莎對看了一眼。

接著——就像要重現幾天前發生的事，那個人又現身了。

「這次也在早晨來拜訪，實在很過意不去。但吾人實在沒有時間，還請多多包涵。」

萊薩．貝爾菲尼克斯——年老的教宗冕下，走進了餐廳。

他一邊走來，一邊看向羅莎。

「……不好意思，吾人想請足下迴避。」

「明白了。還請教宗冕下慢坐。」

羅莎立刻起身，照他的吩咐走出了餐廳。

萊薩確定她離開後，隨意找了張椅子坐下，沉吟起來。

「呼。年紀大了，當教宗實在忙得讓身體吃不消啊。」

「……做好這些工作，才能通往您理想的世界，不是嗎？」

「正是。因此吾人不能停下腳步，也不能妥協。」

我們說話的聲調都很平靜。

然而，交會的視線很犀利。

我看著往日部下滿臉皺紋的臉孔，丟出問題：

「您今天來，是為了那件事嗎？」

「嗯。本來是打算在案子剛解決時就來拜訪……但實在是忙不過來。」

「教宗冕下如此忙碌，卻還抽出寶貴的時間，實在令人惶恐至極。」

「不，沒什麼。與足下的對話，就是有這個價值。」

我們的視線再度互瞪似的交會。

沉默的布幕垂下。

場面上的氣氛漸漸緊繃。

一陣令皮膚緊繃的緊張感瀰漫開來，這時萊薩打破了沉默。

「關於案子的來龍去脈，部下已經報告過了。眼前，就先說聲辛苦了。」

「教宗冕下親自嘉許，實令人不勝惶恐。」

「嗯……其實吾人這次的訪問，不是為了聽取案子的報告，是來問足下一個問題。」

「……問問題？」

萊薩盯著我皺眉的模樣，莊嚴肅穆地開了口。

「經此一事，足下的想法，可有了什麼改變？」

這個問題由他問起。

讓我產生了確信。

確信這一切都是他所安排的。

確信從重逢到現在的每一步，我都被他玩弄在手掌心。

「……您就是為了問出這個問題，利用了博爾多先生嗎？」

「用問題回答問題，並不符合禮儀。」

「早從知道有博爾多先生這個人的當初，我就覺得不對勁。像他這麼引人注目的人物，您不可能不去視察。而您只要看過他一眼，就不可能不發現他的真面目……您是特意對博爾多先生置之不理，為的是有朝一日可以當成棄子來利用。而這次的事，他就派上了用場，就是這麼回事吧。」

萊薩什麼話都不回答。

他就只是看著我的臉，單方面拋出他要說的話。

「吾人自負住在美加特留姆的人，公民水準在全世界數一數二。像這樣徹底擬定法律，

教育也無懈可擊……即使如此，結果仍然如足下所體驗。」

萊薩的眼神中，多了幾分犀利。這逼人的目光，訴說著他的內心。

也就是說——

「吾人本來也多少懷有期待。期待預測會落空。期待民眾會做出正確的選擇。然而，他們的選擇就是那樣。」

「…………」

「博爾多這個男人，對美加特留姆的居民而言，是不折不扣的聖徒。無論什麼樣的病，都能轉眼間治好，卻不要求金錢報酬。他的心充滿了博愛與仁慈，名符其實是人們的表率。」

「…………」

「每個人都曾經對博爾多滿懷尊敬與愛戴，連黑社會那些人都不例外。就連這些即使犯了罪都不當一回事的人，也都對博爾多抱持一定的敬意……亞德・梅堤歐爾，以及伊莉娜・利茲・德・歐爾海德。那樣的環境，就和兩位一模一樣。正因如此——」

「…………」

「正因如此，吾人敢斷定，兩位遲早也將踏上同樣的命運。人類是一種就只有可怕與醜陋一面的生物。哪怕是直到前不久還懷抱愛情的對象，一旦知道對方對自己而言是個異物，態度就會立刻改變。」

「…………」

「受過的恩情、扶養長大的羈絆、心中的仁慈，比起這些正向的感情，歧視這種負面的感情更加優先。人類就是這樣的生物。面對異物，就會害怕、憎恨，期望能夠加以排除。這就是人類的本質。正因如此，悲劇不會從這世上消失。只是，若是有『救世主』出現──」

「謝謝您的高論。」

我已經不想再聽他說下去。

萊薩．貝爾菲尼克斯……重逢的當初，我還以為他有些不一樣了。

但我錯了。

這傢伙沒有任何改變。從古代到現在，一直是一個樣。

只要是為了貫徹信念，不管是多麼不人道的事，都能做得若無其事。

既然他的這個本質不變……我跟他就沒有任何話好說。

萊薩似乎猜到了我的心情，嘆了一口氣，靜靜站起。

「……經此一事，足下心中產生的想法，可萬萬要銘記在心。」

萊薩留下這句話就打算離開。

我朝他的背影──

發出冰冷的話語。

「原來如此。正是，人類的確醜陋、可怕。可是……我認為，更可怕的地方在於自私。只為了自己而利用別人，讓別人的人生走偏。我認為這種自私的人，才更應該受到彈劾。」

「正是，吾人也同意。然而……足下應該記住，這句話也會回到足下身上。」

萊薩丟下這句沉重的話，這次真的離開了。

談話結束後，裝在盤子上的餐點，和我的心一樣全都涼了。

為了不去想自己內心產生的焦躁，我將眼前的餐點送進嘴裡。

「……啊啊，都冷了。真的都冷了啊。」

吃完飯後，我離開餐廳，走向伊莉娜的房間。

我莫名地就是好想跟她說話。

好想看看她的臉。

「……伊莉娜小姐。」

我站在房門前，敲了敲門。

「我是亞德。一下子就好，可以聊聊嗎？」

她沒有回應。看來她還沒能振作起來啊。

……這也難怪。

面對緊閉的門，我想起了那一晚。

人們一個個從熊熊燃燒的診所前離開。

人潮漸漸散去的當下，幾名聖堂騎士到來，開始滅火。

他活過的證明，漸漸消失。

他們為了滅火而拆除診所，我們只能在一旁眼睜睜地看著。

當時伊莉娜的表情，我永遠也忘不了。

她對人類這個種族徹底絕望的表情……想必不管過了多久，都會是一段留在我腦海中揮之不去的黑暗記憶。

「……伊莉娜小姐，請妳至少喝個水，千萬要自愛。」

說著我就要回到自己的房間。

就在我要離開之際——

「進來……」

門的另一頭，傳來雖然微弱，但我絕不會聽錯的，伊莉娜的說話聲。

我瞬間停下腳步，再度來到她房門前。

我抓住門把，轉動……開了門。

「失禮了。」

我一邊走進，一邊打招呼，然後看向伊莉娜。

她有點憔悴啊。可是，並非處在不健康的狀態。

……瀕臨崩潰的不是身體，而是心靈嗎？

她癱坐在床上，抱著枕頭，一直盯著地板看。

哭腫的眼睛，對我連看都不看一眼。

這樣的她，依然看著地板，開口說話。

「亞德，告訴我實話。」

「……好。」

「博爾多先生死掉了，對吧？」

「……是啊，妳說得對。」

伊莉娜抱著枕頭的力道，變得更強了。

她一邊這麼做，一邊問出新的問題。

「可是啊，他死了，還沒過三天三夜吧？」

「……是啊。」

「既然這樣……也就有辦法，讓博爾多先生復活吧？」

我點頭回應，這時伊莉娜才首次看了我一眼。

空洞的眼神裡，多了些微的希望。

「欸，亞德，把博爾多先生——」

「我想，應該是白費工夫。」

我打斷她的話，毫不留情地斷定。

我很愧疚。坦白說……我很想把伊莉娜天真的妄想，化為現實。

然而，這是不可能的。

「伊莉娜小姐，妳是這樣想的吧？妳想讓博爾多先生復活，由我們來鼓勵他、支持他，然後說服民眾，想辦法讓雙方和解，為他找回幸福的人生。」

「……憑亞德的本事，辦得到吧？一切……都會很順利吧？」

「是啊。只是……那終究只是一場只有表面如此，其實卻是用謊言粉飾而成的幸福劇。我能夠創造出來的，就只有這樣。」

我痛心之餘，仍將真相告訴伊莉娜。

告訴她，我們已經無法從令人難受的現實中逃開。

「妳說得沒錯，現在還有辦法讓博爾多先生復活。可是……他會希望我們這麼做嗎？他最後露出的表情，絕望之餘，也有點習慣了……現在回想起來，他多半是在那個時候就已經心灰意冷了。」

「……………」

「先前他一直愛著人類、拯救人類……然而，最後卻遭到背叛。人們一旦知道他的真面目，立刻害怕他、迫害他、趕走他。但他多半還是很想相信吧，相信人類總有一天會接納他。」

「……………」

「但一再遭到人類背叛，讓他的心遭到磨耗……最後那一瞬間，終於崩潰。他的心中已經只剩下絕望，再也沒剩下……對人類的愛了。」

伊莉娜看著我，眼睛開始被淚水沾濕。

桃色的嘴唇微微顫抖……可是，沒有說出任何一句話。

她的這種模樣讓我心痛，但我仍繼續說出令人難受的話。

「相信博爾多先生沒有和解的打算……而且，甚至連活下去的意思都失去了。相對的，民眾的心又是怎麼樣呢？他們現在，正在咀嚼排除了異物的喜悅，當然完全沒有任何想和解或是共存的意思……要讓雙方結合在一起，方法就只有一種。那就是動用洗腦魔法，隨心所欲地控制他們。沒有別的方法。」

「……那樣子……」

「是啊，那樣是不對的。可是伊莉娜小姐，妳想要的現實，就只有這麼做才能實現。用魔法操縱博爾多先生和美加特留姆的民眾，讓他們和解，創造出他們幸福生活的模樣……這就和小孩子玩人偶沒有兩樣……我——伊莉娜小姐，我啊，只有這件事，萬萬不想做。」

我在前世，直到臨死之際，都一直做著這件事。

形成理想的社會，但實情卻只是在玩人偶遊戲。

那樣的所作所為，我再也不想做了。絕對不想。

「……那我們該怎麼辦才好啦？」

伊莉娜嘴唇顫抖，呻吟似的擠出聲音。

一行眼淚，從她濕潤的眼睛流下。

「我……其實都懂。我懂這全都是白費工夫，知道無藥可救。可是……可是！這樣……實在太悲慘了！這麼大一個世界，竟然沒有他的容身之地！這樣！這樣……！太說不過去了吧……！」

她把臉埋進枕頭，全身發抖。

……如果這次的事，是一個和我們沒有任何共通點的人身上所發生的悲劇。

說來也許差勁透頂，但我和伊莉娜都不會如此消沉。

當然起初會覺得受到打擊，但相信很快就會忘了。

我們可以接受，這是一場隨處可見的悲劇，然後過個兩天，多半就會忘了。

然而……博爾多和我們實在太像。

我們也和他一樣，是異物。

我們也和他一樣，受到人們愛戴。

所處的環境，幾乎全都一模一樣。

正因為這樣，我們才會把自己投射到他身上。

我們忍不住會想，博爾多的不幸，是一種我們自己也遲早會體驗到的未來。

除了純粹的善意與義憤，更有著一股強得無以復加的共鳴，侵蝕我們的心。

然而……

雖然狀況令人痛苦、難受，我們仍非得克服不可。

哪怕多麼終日悲嘆。

哪怕多麼恨人類的殘忍。

這個世界的時間，仍在不斷往前走。

我們非得在這樣的世界裡，繼續活下去不可。

「……伊莉娜小姐，他最後留下的話，妳還記得嗎？」

她仍然不把臉從枕頭中拉起，微微點頭。

「他請我們傳話，告訴那位既是我們的學友，同時也是『魔族』的少女——卡蜜拉同學。要她千萬不能忘了對人類的愛，要她繼續相信人類……但我想，這些話不只是對卡蜜拉同學說，同時也是對我們說的吧？我就是深深這麼覺得。」

我靜靜看著伊莉娜不說話也不動彈的身影，繼續說：

「要愛人類，還有，相信人類……我們能做的，就是繼承他的意志，好好活下去。我是這麼想的。」

就不知道伊莉娜是否聽得進這些話。

不管怎麼說，時間都在流動。

早晨很快變成中午，隨後黑夜來臨……

早晨再度來臨。

我一邊期盼她的心中也迎來了黎明。

一邊迎來了舉辦五大國會議的當天早晨。

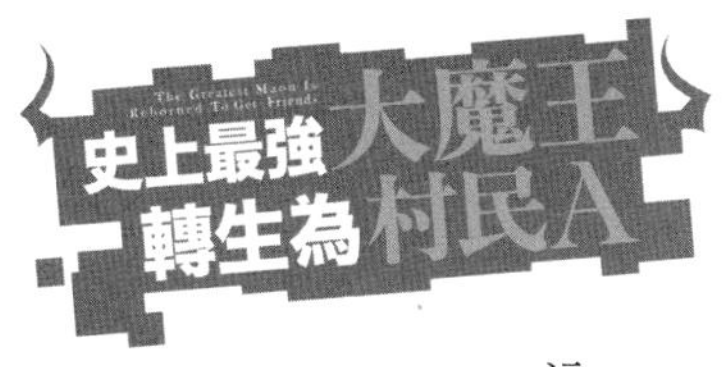

第六十六話　前「魔王」與五大國會議

「……這一天終於來了啊。」

女王羅莎在早晨的餐廳裡，皺起眉頭喃喃說道。

開始用餐已經好一會兒，但她手邊盤子上的餐點，幾乎完全沒動。不知道是不是身體不舒服？仔細一看，她的臉色有點蒼白。

「不多少吃點東西，會撐不住的。」

宰相露出擔心她的表情，但仍刻意說出嚴厲的話。

「陛下應該也明白……會議上，會有列強首腦齊聚一堂。如果在那樣的場面，露出現在這種怯懦的模樣……」

「本座知道。本座會扮演好一個強悍的女王，不讓別人看扁。不勞你擔心。」

……看著這樣的對話，就讓我想起前世的一幕啊。

當時周圍的人們，也要我扮演一個幹練的王。

然而，當時的我，有著少女般的容貌，欠缺霸氣。往往會沒能達到眾人的期望，經常被親信與奧莉維亞罵。

只是，那是很早期的事了。

到了末期，我身為王的儀態已經有模有樣。

……諷刺的是，就是因為成了過去親信們所期待的模樣，我才會下定決心轉生。

我五味雜陳地繼續用餐。

裝在我盤子上的餐點，已經只剩少許。但羅莎還吃不到一半。

她的臉色仍然很差，顯然食不下嚥。

多半是接下來所要進行的會議，讓她感受到了非常沉重的壓力吧。看著她這樣，就像看著以前的自己……因此，我自然而然替她緩頰。

「陛下，如果身體不舒服，我想還是別勉強用餐比較好。即將面臨大事，補充營養的確不可或缺。但考慮到現在您的身體狀況，再吃下去多半會有反效果。」

羅莎與瓦爾多爾都把視線對了過來。

「一介平民出口干預，實是惶恐，然而……我想有時候乾脆豁出去也很重要。的確，這次的會議極為重大，然而，內容並不至於事關國家存亡。我想您應該當作終究只是互相會面，往好的方向拋下責任去看待。」

兩人默不作聲，什麼話也不說。

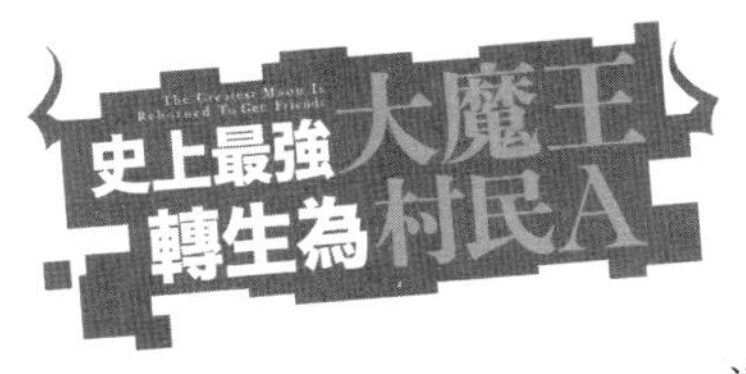

羅莎就罷了，連瓦爾多爾都採取這樣的態度，讓我歪頭納悶。

我還以為他會大吼：「你這個下賤的平民，不要口出狂言！」

但他只默默閉上眼睛，皺起眉頭。

羅莎也只是看著餐桌，什麼也不打算說。

他們的反應實在奇妙。

我正覺得費解……過了一會兒，羅莎打破了沉默。

「……本座擔心伊莉娜。」

她以細小的聲音，喃喃說起。

原來羅莎身體不舒服，不只是因為會議在即，對伊莉娜的擔心也是原因之一嗎？但關於這一點，我實在無法說些什麼。

如果硬要擠出什麼話來……

「也只能相信了。相信她會振作起來。」

「……是啊。」

「伊莉娜小姐有著堅強的精神。我想她也差不多要出來露個臉——」

我說著這些不過是樂觀期望的話之時……

這個希望、願望，成了現實。

餐廳的門「嘰」一聲地打開。

站在門口的，就是我的好朋友伊莉娜。

「伊莉娜小姐！」

我忍不住喊了出來。

乍看之下，她似乎還沒完全恢復，然而──

「對不起喔，讓你們擔心了。可是，我已經不要緊了。」

活力已經回到她的眼神之中。

相信上次的談話後，她找出了自己的答案。

好朋友的復活，讓我由衷感到喜悅。

看來羅莎也是一樣。

「歡迎歡迎。來，今天的早餐可是妳愛吃的菜啊。」

「啊，真的耶。嘻嘻，我正好想吃這個呢。」

她看著伊莉娜的臉，微微一笑。

然而……羅莎的情形終究沒能好轉。

看起來反而惡化了。

她這個樣子，有辦法參加會議嗎？

……不過總會有辦法的。

現在最重要的是伊莉娜。

她在我身旁坐下，看著我小聲說：

「我會好好努力活下去，連他的份一起……相信人類美好的一面。」

聽到她充滿決心的聲音，我自然笑逐顏開。

沒錯，就是要這樣。

我由衷慶祝好友的復活，將餐點送進嘴裡。

這漸漸涼掉的菜，現在吃起來卻是那麼美味——

伊莉娜回歸，讓我們再度回到護衛任務。

如果她沒從房間出來，本來應該要由代理的人來護衛羅莎，然而——

這樣一來，就萬事回歸正常了。

言歸正傳。

時間確實地流動，鐘聲也跟著大聲響起。

對民眾而言，這鐘聲是告知中午將近，但對我們而言，則多了另一種意義。

沒錯，就是五大國會議的開始。

這是多半會在歷史上留名的一大盛事。

舞台位於美加特留姆最大的禮拜設施——瓦爾．菲爾特大教堂

這大教堂位在劃於美加特留姆中央附近的區塊，通稱聖教區。

世界各地都有稱為大教堂的建築物，但這瓦爾．菲爾特大教堂，與其他大教堂有著明顯的區隔。一般所謂的大教堂，就如名稱所示，是大型的禮拜設施，沒有別的含意。然而，瓦爾．菲爾特大教堂卻另有多種別的意義。

這棟建築物非常大，占了聖教區將近一半的面積，是宗教國家美加特留姆不折不扣的心臟地帶。

以這全世界數一數二的大型禮拜堂為中心，法院與國會議事廳等重要設施，幾乎都林立在周圍。

這類建築物當中，有著一棟談話用的小型設施。

儘管款式樸素，但配置在被所有建築物圍繞住的地方，似乎以賦予魔法施加了徹底的防

禦。

而且，周圍還有聖堂騎士看守，萬無一失。

……我們一邊聽著領路人解說這些情形，一邊走進這個設施。

沿著通道一路前進，被帶到一個房間。

「呼，好了，就來迎接決戰吧。」

「加油，小羅！」

「嗯…………我們上吧。」

羅莎以毅然的表情轉動門把，打開了門。

室內相當寬廣，中央有著一張大圓桌。

其餘各國的首腦，都已經並肩坐在圓桌旁。

「哈哈，總算來啦。拉維爾這些傢伙還是一樣慢吞吞啊。」

一名男子一看到我們，立刻說出充滿惡意的言論。

種族是矮人，外表年齡大約六十歲左右，但矮人族看起來會比實際年齡老，所以實際上應該再年輕點。

他的名字叫做巴伐．傑拉農。

由於正式姓名極長，幾乎都以略稱來稱呼。

是鄰近拉維爾魔導帝國的大國——哥地納共和國的國家主席。

「沒錯，本座是整個大陸的重鎮，權威既大，腳步也就慢啊。就這一點而言，巴伐，本座可真羨慕你羨慕得不得了呢。因為你這樣的小人物，就只是個管管偏僻得要命的鄉下地方，腳步當然輕快得不得了。本座也想讓負擔輕一點呢。」

「……是喔。那要不要老子砍了妳兩手兩腳啊？這樣妳應該就可以如願少點負擔了。」

羅莎與巴伐針鋒相對。

相鄰的國家很容易有摩擦，拉維爾與哥地納也不例外，歷史上，兩國就一直因為各式各樣的理由而起衝突。

若不是由教宗召集，加上有著「拉斯．奧．古」動向轉為活絡這樣的背景，這兩國也許永遠都不會簽訂和平條約。

……在場還有另一對這樣的組合。

「呵呵，兩位還是一樣要好呀。不管拉維爾還是哥地納，可都要永遠和睦相處喔。」

一名女子操著一口鄉音獨特的大陸共通語。

種族是精靈族。年齡已經超過七十歲，但由於身為精靈族，長命而且能夠長年維持全盛期外貌，外表實實在在就是個妙齡美女。

她的名字叫做安裘娜．維海姆。

是統治維海姆皇國的女皇。

她有著一雙極具特色的細眼睛，用手上的扇子遮住嘴，將注意力帶到坐在對面的男子身上。

「我們也想和他們兩國一樣，維持和睦的關係呢。是不是啊，傑洛斯大人？」

「…………哼。」

被她叫到的，是一名獸人族男子。

他的外貌是個壯年的美男子，風貌不像是一國首腦，更像是個戰士。

據說這個散發出來的氣息與奧莉維亞有幾分相似的男子，祖先就是她的親戚之一。似乎也就是因為這樣，他本人並非統一教的信徒，而是崇拜奧莉維亞的黑狼教信徒。

他的名字叫做傑洛斯．維爾．薩因。

是維海姆皇國的鄰國——薩非利亞合眾國的總統。

「好啦……那本座差不多要就座啦。」

羅莎隨手找了張椅子坐下。

宰相瓦爾多爾坐在她身旁，我和伊莉娜則站在背後保護他們兩人。

「……然後，『那傢伙』還沒來喔？」

「哼。我們也可以不等他，直接談啦。老子根本就不想看到他的臉。拉維爾的小丫頭還比較好呢。」

「您說得可真難聽呢。他應該也有一兩個優點吧……雖然奴家是一個都想不到。」

「…………就照巴伐大人說的，如果教宗冕下先到場，就乾脆別理他，我們自己開始也無所謂吧？」

眾人都一臉不悅的表情，你一言我一語。

連交情不好的國家之間意見都一致。

「那個國家」的首長，是大陸上知名的惹人厭……但真沒想到嚴重到這個地步。

古代也曾有過這樣的人物。應該說，我自己就是。

……置身的環境大同小異，就不知道這個人是和當時的我一樣屬於革命者，還是……就如傳聞所說，是個瘋癲的蠻族之王。

揭曉答案的瞬間，毫無預兆地來臨了。

「嘿咻～」

才剛聽到通道上有人說話的聲音。

緊接著，就發生了小規模的爆炸聲。

我們的視線一齊看向門口。

房間的門口，現在開出了一個大洞——

濃密的黑煙裡，一名男子發出開朗得突兀的說話聲。

「嗨，各位！嚇了一跳嗎？嚇了一跳吧？呵呵呵呵呵！這才叫做驚喜啊！」

這個人雙手亂甩，揮開煙幕，踏進了室內。

還讓人類所有種族的美女隨侍在側。

「……他還是老樣子啊。」

「是啊，真的很煩。」

「這麼有精神真是再好不過……怎麼不趕快升天去呢？」

「…………嘖。」

不只是各國首腦，包括他們的親信與護衛在內，所有人都對他露出敵意。

然而……受矚目的本人卻滿不在乎，賊笑兮兮的。

據說他年紀是三字頭後半，但外表與言行都不像成年人。

種族是半獸人……然而，似乎是和精靈族的混血。

他有深綠色的皮膚，但沒有尖牙，面孔比一般半獸人更中性，眉目也更清秀。

他的名字叫做德瑞德·班·哈。

一個將無數蠻族國家整合為一的男子。

也就是阿賽拉斯聯邦的盟主。

「哎呀～我遲到了，抱歉抱歉！我搞了點節目！你們也知道，這種重要的會議，總會想讓身心都清爽一下再來參加吧？大家應該都懂我的心情吧～～？呵呵呵呵呵！」

稚氣的說話口氣，以及看似天真卻滿是邪氣的態度，都和維達有點像。

然而……相較於那個瘋狂科學家大變態是真正的變態，這個叫做德瑞德的人……又是如何呢？

看起來既像是在扮演一個腦袋有問題的人，卻也像是真的瘋癲暴君。

……他似乎察覺到了我打量的視線，迅速朝我瞪了過來。

「哎呀？哎呀哎呀哎呀？那邊那位美少年，該不會就是傳聞中的亞德・梅堤歐爾？」

「……在下正是。」

「啊啊，果然！你的英勇事蹟，連我們那邊都聽說了！」

「……哪裡。」

「到了你這種程度，果然會非常搶手吧～畢竟你非常優秀吧？而且外表也棒透了吧？出身也很好吧～～？看在這樣的你眼裡，我帶來的性奴隸（這些人）就像垃圾一樣吧？是不是？質和量都不夠看吧？是不是？是不是啊是不是啊是不是啊～～？」

德瑞德單方面地說個不停，腦袋轉了又轉。

轉了又轉轉了又轉轉了又轉……

轉得都翻白眼了。

這過於令人不舒服的模樣，讓在場的所有人都表露出嫌惡。

相反的，我則維持冷靜，估量眼前這名男子。

是狂人？又或者是佯裝成狂人的——

「啊～～～你這眼神真讓人不爽啊～夠了，看我弄瞎你的眼睛。」

剎那間——

德瑞德右手隨手一伸。

這個行為代表的是——

「喂，開玩笑的吧？」

就在巴伐瞪大眼睛的同時。

德瑞德的攻擊魔法施放出來。

魔法陣顯現在他手掌前方，隔了一拍後，從中飛出巨大的火球。

「受不了，這位先生還真激進。」

我對眼前的男子以及面露焦急神色的在場眾人聳了聳肩後，發動了防禦魔法。

半透明的屏障遮住並保護了我們。

德瑞德施放的火球打在屏障上，爆開，但我的屏障並沒有絲毫損傷。

「喔喔，挺行的嘛～竟然無詠唱發動高階防禦魔法。」

其實這是低階的魔法，但也沒必要訂正。

瀰漫的濃密黑煙中，我和德瑞德對峙。

他顯得滿心還想繼續打，似乎根本不理會這是個什麼樣的場合。

「那麼，接下來我可要拿出點真本事——」

他話說到一半。

四國元首對德瑞德發出了怒氣。

「喂，你這傢伙，不要太過分了……！」

「真的，就是這樣，奴家才沒辦法喜歡蠻族呢。」

「如果你不乖乖坐下，本座也有本座的方法。」

「…………想被砍，就儘管繼續鬧。」

巴伐扛起大槌，安裘娜握緊法杖，羅莎與傑洛斯拔出寶劍。

護衛們也團團圍住，保護他們。

面對四國首腦的敵意，德瑞德卻顯得滿不在乎，腦袋轉啊轉的。

「咦咦～？大家都站在亞德那邊啊啊啊？哼～那——」

德瑞德加深了嘴上的笑意。

「你們一個個都給我去死不就好了～？」

他發出這句無異於宣戰的話語，正要施放下一個魔法——

就在這時——

「到此為止。」

一個莊嚴的說話聲迴盪在室內——

同時室溫一口氣下降了。

這當然是錯覺。

受到來者所發出的殺氣衝擊，在場所有人都停下了動作。

德瑞德也不例外。

「唉唉～時間到啦？」

他遺憾地噘起嘴唇，朝來人看了一眼。

教宗萊薩・貝爾菲尼克斯。

穿著正裝的他所散發出來的壓倒性壓力，讓我以外的每個人都冷汗直流。

大家都默默等待萊薩說出下一句話。

眾所矚目之下，他在嘆息聲中開了口。

「……很抱歉來遲了。若是吾人早一步抵達，應該就不會鬧出這樣的事情了吧。」

他一邊說話，一邊走在室內。接著——

他在上座坐下，並說：

「拋開一切恩怨……我們立刻開始開會。」

服不服氣已經不重要。既然這個男人開始主持，就無從反駁。

教宗的立場、傳說使徒的立場，就是如此絕對。

巴伐、安裘娜、羅莎、傑洛斯等四國首腦，都心不甘情不願地收起武器，坐了下來。

德瑞德也和先前判若兩人，開心地吹著口哨，隨便找了張椅子坐下。

他坐下後，朝我看過來……

「你的名字和長相，我都牢牢記在心中了。如果……你也能記住我的名字和長相，我會很高興啊。」

他整張臉露出令人不舒服的壞笑。

臉上有的並不是友愛。

反而是……強烈的殺意。

他只用表情對我宣告——遲早要殺了你。

「……真受不了。」

不管哪個時代，總會有一兩個這樣的傢伙。

在古代也有大批笨蛋像這樣找我打架。

因此，我對德瑞德倒也沒什麼特別的感想。

現在更重要的是會議。

這場會議究竟會如何發展？

我小心翼翼地觀察情勢——

在喧鬧中開幕的五大國會議，進行得極為平順……

不知不覺間就結束了。

實實在在是一場平平無奇的會議。

起初進行了條約條文的確認，但由於內容極為合理，找不到任何需要吐嘈的地方……該怎麼說，之後也是在進行一些很樣版的對話。

我們要提防「拉斯・奥・古」的動向。

說得也是。

不可以違反條約喔。

說得也是。

……這樣的對話進行了大約幾小時後。

告知中午時刻來臨的鐘聲響起。

「呼。那麼，會議就到這裡結束。」

事情順利得實在讓人有種撲空的感覺。

「……總覺得，和原本想的不一樣。」

伊莉娜顯得有些無法釋懷，我點頭贊同。

不過，沒有什麼大問題，一切順利結束，應該值得慶幸。

……不，嚴格說來，還沒有結束。

「那麼，就如事前所告知，接下來，我們要在中央廣場舉辦典禮。」

沒錯，完成典禮之後，我們的任務才宣告結束。

為了完成最後的步驟，我們起身走出房間。

接著，眾人魚貫排隊移動。

走到一半。

「…………亞德・梅堤歐爾，以及伊莉娜・利茲・德・歐爾海德。」

有個人叫了我們一聲。

是被一群男護衛包圍的薩非利亞合眾國總統傑洛斯本人。

「請……請請請……請問有什麼吩咐呢？」

大概是因為不太有和外國重量級人物說話的經驗，伊莉娜回應得吞吞吐吐。

傑洛斯面無表情地看著她和我的臉，靜靜地開了口：

「……請替我向奧莉維亞大人打聲招呼，並和她說我們站在她這一邊。」

他的發言很耐人尋味。

但我尚未追問下去，他就快步走遠了。

「是……是怎麼回事呢？」

「……誰知道呢？就原原本本地把話帶給奧莉維亞大人吧。」

之後，沒有人再找我們說話，我們走出大教堂，前往廣場。

由於有一小段路，加上考慮到安全問題，最後眾人決定照各國分組，搭上馬車移動。

我們拉維爾組，照伊莉娜、瓦爾多爾、我，最後才是羅莎的順序，搭上馬車。

……總覺得這順序不對勁。照常理而言，第一個上車的應該是王。

就在我懷著這樣的疑問，正要上車之際——

「……亞德啊，你要仔細聽。」

羅莎抓住我的袖子，嘴湊到我耳邊輕聲說話。

「……來到這裡的第一天晚上，本座說過的話，你還記得吧？」

「……您說過，無論發生什麼事，都要保護伊莉娜，是吧？」

為什麼她會在此時此刻，問出這個問題？

但在我反問之前——

「你聽好了，千萬不要違背約定。你該保護的人是伊莉娜，根本不用理會本座。只要保護伊莉娜就好。」

她說到這裡，就強行結束對話，把我推上了車。

……狀況無疑正走向尾聲。

我祈禱一切都能和平進行。

同時——

祈禱自己的「預測」落空。

然後拉上了馬車的門。

第六十七話　前「魔王」與人性的光輝　前篇

宗教國家美加特留姆，每個月會舉辦一次教民大會。
內容就是讓萊薩站上蓋在中央廣場內舞台，對參加集會的民眾講道。
聽說這教民大會，住在美加特留姆的大部分居民都會參加。
正可謂冠上宗教國家之名的土地上會舉辦的活動。
美加特留姆的人民，將教民大會視為重新體認自己的信仰與道德感情的神聖典禮，然而……
重視教民大會的民眾所懷抱的感情，究竟能不能說是真正的自我意志呢？
我懷疑這個活動另有隱情。
具體來說，就是對民眾洗腦。
對參加集會的民眾，施加精神干涉類的魔法，對他們的意志做出一定程度的控制。
……這是我以前施行過的統治法之一。
美加特留姆可說是由萊薩所再現的古代末期世界。那麼，當時我所施行的統治法，他大概也加以重現了吧？

只是話說回來，他多半沒能完全重現，而且今後也不可能辦到。

因為精神干涉類的魔法難度極高。尤其是要將自己的意志強加在對方身上，試圖控制的魔法，連古代都幾乎沒有什麼擅長此道的能手。

而且，即使能夠施展，若是對方的精神力太強，又或者對於我方想強加的想法有著強烈的排斥，就不可能做到完全的洗腦。

這點即使是我也不例外，因此在古代末期，我除了洗腦以外，還透過動用暴力的恐怖政治，來操縱民眾。

我回想起這些過去犯下的過錯，沉浸在自我厭惡之中。

同時身為典禮的參加者之一，和伊莉娜、羅莎與瓦爾多爾，一起走上了舞台。

設置在中央廣場的舞台，彷彿生怕有人不知道本次的典禮多麼壯大，施加了過度的裝飾。

可以俯瞰民眾的巨大平台狀舞台不用說，通往台上的道路與階梯，都遍布了各種醞釀出豪華感的要素。

我和伊莉娜和其他護衛一樣，圍住自己國家的元首，與走在前面的別國人士保持一定的距離，緩緩行進。

「竟然沿路鋪了高級地毯，真的是豪華到有點難以想像。」

「畢竟是會在歷史上留名的盛事，這點鋪張是當然要有的吧。」

我們踏在地毯上移動，上了階梯。

然後和別國人士一樣，來到了舞台上。

「哇……好壯觀的景色……」

伊莉娜看著眼底的光景，被震懾住似的喃喃自語。

與會民眾約達美加特留姆總人口的九成，有著數十萬人的規模。

廣大的中央廣場，被人山人海所填滿。

我們集眾多人的矚目於一身。

「本座也曾在民眾面前演說過，不過……面對這麼多人，可能還是第一次。」

羅莎略顯緊張地繃緊表情，但立刻又露出一如往常的微笑。

「不過，船到橋頭自然直……而且亞德也在這裡。」

「就是啊，就算搞砸了什麼事情，亞德一定也會幫忙收場的！」

「……是啊，還請包在我身上。」

我們一邊談話，一邊在舞台上行走。前方有著供來賓坐的椅子。

這並排的五人份座椅，樣式類似王座……可說是非常符合本次典禮主題——五大國之首攜手合作的小道具。

首先，羅莎也和其他元首一樣在椅子上就座。然後宰相瓦爾多爾侍立在她背後，我和伊莉娜則侍立在兩旁。

還有許多聖堂騎士並肩站立，將我們團團圍住。

可說是固若金湯。

確定五大國元首全部就座之後，萊薩走向設置在台上的講台前，用擴音魔導裝置，對民眾宣告典禮開始。

「各位也知道，這個大陸在歷史上，發生過三次大戰。如果把小規模的衝突也包括進去，戰爭更遠遠不只一兩千場。『魔王』陛下駕崩後，我們人類與人類之間，不斷反覆進行醜陋的戰爭，交織出歷史。然而，就從今日此時起，和平將會再度降臨大陸。『魔王』陛下曾經建立的理想國，就在此時此地重現。」

萊薩的演說，讓民眾歡聲雷動。

數十萬人歡呼。每個人都狂熱起來，讚頌達成了歷史級豐功偉業的萊薩等人。

萊薩受到這幾乎震破耳膜的聲援，莊嚴肅穆地主持著典禮。

「呃～大家好，老子是巴伐。坦白說，老子很不會應付這種場面，不過──」

各國元首演講。

這些演講結束後，將由萊薩鄭重發表和平條約的內容，說出總結之後閉幕。

……這就是典禮的流程。

上台的人一個個演講完。

我淡然地看著這樣的景象，然而……

不經意地，我的目光望向坐在椅子上的羅莎臉上。

……不知道是不是非常緊張，只見她的臉色和早上一樣蒼白。

她額頭冒汗，嘴唇頻頻顫抖。

我本想問問她要不要緊，但我尚未開口，就輪到她上台了。

「加油，小羅！」

喊得就像為參加才藝會的朋友加油一樣輕鬆。

伊莉娜的臉上，露出了這種平穩的笑容。

「…………」

羅莎從椅子上起身後，默默凝視著伊莉娜的臉孔幾秒鐘。

然後她「呵」的一聲，放鬆了緊張，露出滿臉溫和的笑容──

「……伊莉娜啊，妳要只以自己的幸福為優先。」

聽到這句沒有前因後果，讓人搞不懂她有什麼意圖的話，伊莉娜的臉上透出了不解。

但羅莎轉過身，不再回頭地走到演講台前。

「……呼。」

她先吐了一口氣，低頭看著民眾，然後朝萊薩臉上看了一眼。

她的眼神中有的——是改變了想法的情緒。

羅莎再度面向民眾，將嘴湊向擴音魔導裝置，開始訴說：

「這幾天，本座一直在迷惘。放在本座眼前的天平始終保持平衡，不往任何一邊傾斜。因此本座直到現在這一刻，都下不了決斷。」

她的口氣沒有迷惘，也沒有停滯。

然而對民眾而言，羅莎的演講，肯定令他們掌握不到意圖何在。

「拉維爾的女王陛下在說什麼……？」

民眾一片譁然。不只是他們，各國元首與伊莉娜也都歪頭納悶。

「天平？決斷？」

在場的人當中，正確掌握住她想法的，大概只有三個人。

宰相瓦爾多爾、教宗萊薩，以及——

加上我亞德．梅堤歐爾，一共三個人。

……果然演變成這種情形了嗎？

我一邊感受著想定的未來即將來臨，一邊開始因應下一步的情勢。

同時，羅莎仍在繼續演講。

「身為為政者，本座所下的決斷多半是錯的。然而，本座身為女王的同時，也是一個有血有肉的人。因此…………」

她說到這裡，回頭看了一眼。

站在她視線所向之處的，是宰相瓦爾多爾。年老的忠臣瞪大了眼睛，冒出大量的冷汗。他微微搖頭，表明自身的意思，然而……

女王悲戚地微笑，再度面向前方，說道：

「本座羅莎，選擇朋友的幸福！本座絲毫不想贊同教宗！」

毅然決然的話聲從她口中發出。

參加這個典禮的人以及觀禮的人，幾乎都露出啞口無言的表情。

多半是無法理解狀況吧。民眾全都閉著嘴，保持肅靜，然而……過不了多久，就開始呼喊出他們的不解。

「這是怎樣？什麼叫做朋友的幸福？」

「不贊同教宗冕下？這是怎麼回事？」

「難道說……都到了這個時候，才要對和平條約反悔？」

眾人你一言我一語，說出不解與狐疑。

一種恐慌在民眾之間傳播開來。

就在這個時候──

「教宗冕下！有事要向您稟報！」

年老的宰相嘔血似的發出呼喊。

他臉色大變，然而……又有著幾分演戲的感覺。

彷彿早已說好──像在做出事先就已經談妥的言行。

不只是瓦爾多爾，萊薩也開始有了動作。

「……說說看。」

萊薩短短地應了一聲後，瓦爾多爾走向了演講台。

從羅莎身邊走過之際，他用力握緊了拳頭，但什麼話都不說。

接著，瓦爾多爾集眾人矚目於一身，在演講台前扯起了嗓子。

「我國——拉維爾魔導帝國！過去一直隱瞞一個真相，那就是——」

要是就這麼置之不理，會變成什麼情形，我不可能不知道。

然而……

這裡果然張設了反魔法術式。

因此現在，我無法動用任何魔法。

因此現在——

我無法堵住瓦爾多爾的嘴，防止最壞的未來成真。

「我們豈止放任『邪神』後裔存活！還稱之為英雄男爵，在政治上利用他們父女！這不折不扣，是對『魔王』陛下及其信眾的背叛！因此身為宰相的我瓦爾多爾，要對教宗冕下請願！還請對僭稱女王的叛徒羅莎，揮下正義的鐵鎚！」

瓦爾多爾大聲嘶吼，雙眼流下滂沱的淚水。

然而，我已經沒有心思去顧慮他的心情。

我重重嘆了一口氣，將視線轉往身旁。

「……伊莉娜小姐，還請振作。」

我出聲叫她，但沒有反應。

她似乎還無法完全接受現實。

只見她仍一臉茫然自失的表情，一動也不動。

……另一方面，事態毫不留情地繼續發展。

就如我所預料。

衝向最壞的未來。

「足下能做出這告解，實是勇氣可嘉。啊啊，可是……這個真相是多麼可怕。繼承那可恨『邪神』血統的人，不但仍然存在於這世上……位列五大國之一的帝國卻還隱匿這個事實，將這些人做政治上的利用。」

萊薩的言行太像在演戲，我看在眼裡只覺得可疑。

然而，民眾就不一樣了。他們把教宗冕下視為絕對的正義，實在太容易被煽動。

羅莎做出令人費解的宣言，瓦爾多爾唐突地轉換話題。

相信對於這些情形的納悶，已經不存在於他們的腦子裡。

「拉維爾那些傢伙……！做出這麼可怕的事……！」

「絕對不能原諒……！不可以原諒……！」

他們的腦內早已為仇恨所困。

他們的心中，只剩下對自己認定為邪惡的人事物所懷抱的憤怒與憎恨。

各國元首晚了民眾一步，到了這個時候才有了反應。

「喂，真的假的……？」

「這可真是……」

「呵呵呵！這驚喜可真妙啊！」

「………………」

有人驚愕、有人嫌惡、有人大笑、有人保持沉默。

在這樣的情勢下——

教宗萊薩朝這邊看了過來。

先是朝我看了一眼……投來意似問出問題的視線。

我就只是睥睨著他。

隨後，他將視線落到伊莉娜身上。

「……！」

萊薩犀利的眼神看過來，讓她嬌小的身軀微微一震。

即使看到這實實在在屬於嬌弱少女的反應，萊薩的眼神中仍然有著冷酷的意志……

他高聲對民眾宣告：

「吾人打算原諒拉維爾。這個責任應該由當事人肩負，不應懲罰整個國家。因此，吾人在此宣告開始異端審問，及其結論。」

寧靜支配了整個場面。

萊薩就像在宣讀判決，平淡地述說：

「將拉維爾魔導帝國女王羅莎．馮．沃爾格．德．拉維爾，處以死刑。接著——以英雄男爵之名著稱的懷斯．利茲．德．歐爾海德，及其女伊莉娜．利茲．德．歐爾海德，也處以死刑。不將此三人處以極刑，拉維爾魔導帝國的罪就不會得到原諒。」

聽教宗冕下如此斷定，先前維持寂靜的民眾，都一齊發出喊聲。

「殺了他們！馬上殺了他們！」

「啊啊，多麼可怕……！」

「斬斷汙穢的血統！把『邪神』的後裔大卸八塊！」

民眾狂潮般的惡意，撲向伊莉娜嬌小的身軀。

「咿……！」

惡意氣場冉冉升起。想到一身承受這種惡意的伊莉娜是什麼心情……想必是筆墨難以形容。

然而現在，沒有時間讓我顧慮她的心情並激勵她。

「騎士們，拿下『邪神』之女。」

萊薩一聲令下，聖堂騎士們一起衝了過來。

「啊……啊啊……！」

面對這群直逼而來的人，伊莉娜害怕得動彈不得。

正因如此——

「放心，有我在。」

我亞德．梅堤歐爾，非得保護她不可。

我朝接近過來的大批騎士當中一馬當先的一人，犀利地踏上一步。

「使不出魔法的魔導士！和囉嘍沒有兩樣！」

「……這恐怕很難說吧。」

我一邊回答，一邊躲過直劈而來的雙刃劍。

對方的身手根本不像樣。

身心兩方面，都充滿了輕敵與嘲笑。

使不出魔法的人，不可能敵得過大隊重裝騎士。

這樣的心思，從頭盔下露出的雙眼透了出來。

「真是沒轍。」

的確，沒有魔法，要應付身披全身板甲的騎士是很吃力。

但哪怕是全身板甲，還是有縫隙。

例如說——頭盔的眼孔。

我一邊躲過對方的第二劍，一邊伸手到懷裡，拿出了鋼筆。

我強而有力地一蹬。

「失禮了。」

將筆尖朝對方的頭盔眼孔插了進去。

「嘎啊！」

相信筆尖已經如我所預期，刺穿了他的眼睛。

騎士劇痛難當，雙刃劍脫手。

「借兵器一用。」

我從劍柄處握住掉落的劍，隨手將劍身揮向在眼前呼痛的騎士。

全身板甲還有一個弱點，那就是關節。

當然了，他們內裡會穿鎖子甲，防止刀劍切割，然而——

衝擊總是無法完全吸收。

「咕嘎！」

我強而有力地擊打各處關節，擊碎骨頭。

先解決一個。

「嘖！真囂張！」

另一名騎士從旁挺劍刺來。

我悠然地躲過這一劍，和先前一樣擊打關節。

這樣就是第二個。

「再借兵器一用。」

我搶走剛打倒的對手手上的劍，雙手各握住一把劍。

這樣招數就加倍了。

「圍住他！圍起來壓垮他！」

敵方已經不再大意，拚了命地展開攻勢。

雖然訓練得很精實……

但他們的戰鬥機動性，看在我眼裡，就和兒戲沒有兩樣。

不管多少隻小貓成群結隊，都不是巨大獅子的對手。

每當我展現一種苦練出來的劍技，騎士就一個個倒下。

只是話說回來，我也不會犯下打得太起勁而試圖殲滅敵人的錯誤。

一旦殲滅他們，接著多半就會換萊薩親自出馬。

因此——

「……差不多是時候了吧。」

我再打倒一名騎士，將手上的一把劍擲向萊薩。

當然根本連邊都擦不到。

但能夠一瞬間分散他的注意力。

「伊莉娜小姐，眼前我們先避一避風頭。」

「亞……德……？」

我抱住仍然茫然若失的伊莉娜腰部，將另一把劍擲向衝來的一名騎士，然後再度伸手到自己懷裡。

「伊莉娜小姐，請閉上眼睛。在我說好之前，千萬不要睜開。」

有備無患。

我迅速取出為了因應這種時候，事先準備好的物品。

這個手掌大小的白色球體，名叫閃光炸彈。

「那麼各位，我們先失陪了。」

我話一說完，將閃光炸彈往地上一扔。

白色球體對衝擊起了反應，應聲破裂——

強烈的閃光往大範圍炸開。

「唔喔！」

「好……好刺眼……！」

「呵呵呵！準備得可真周到耶！」

這閃光炸彈，原本是冒險者用來甩開魔物的。

然而，像這樣對付人類也一樣有效。

「會有點晃，還請忍耐一下。」

「……！」

聚集在廣場上的民眾大聲謾罵。

我抱住伊莉娜纖細的身軀，動如脫兔地跑了起來。

…………

……呼吸有點亂。

但萬萬不能大口吸氣、吐氣。

我可不想犯下出聲而被發現的失誤。

「該死！快找！他們應該還沒走遠！」

騎士們的吼聲漸漸遠去。

眼前應該暫時可以放心了。

……我抱著伊莉娜，下了舞台後。

一邊壓制失心瘋的民眾，一邊逃向街上。

而現在，我們躲在某個街區的小巷子裡，壓低聲息。

這裡是在調查連續凶殺案時，偶然找到的地點。周遭的巷道都像迷宮一樣錯綜複雜，最適合用來藏身。

「呼，總算是甩掉追兵了呢。」

我一邊調整呼吸，一邊仰望天空。

今天也是令人神清氣爽的晴空。

光芒萬丈的太陽，讓我覺得可恨得不得了。

「……得去救她。」

在我身旁……

癱坐在地上的伊莉娜，低著頭，小聲喃喃說著。

「得去救小羅才行……！」

她以充血發紅的眼睛看著我。

就在這一瞬間——

「亞德．梅堤歐爾先生，以及伊莉娜．利茲．德．歐爾海德小姐。」

傳來這道毫無預兆的說話聲，讓我們幾乎整個人彈了起來。

我立刻瞪著說話的人，擺出戰鬥態勢。

對方是個年紀幼小的少女，但舉手投足並非外行人。

「看來終於要進入重頭戲了是吧。接下來多半會是一場艱難的逃亡劇。」

我一邊表露戰鬥意志，一邊露出微笑。

對於我的這種態勢……少女搖了搖頭。

「我不是你們的敵人。是『女王之影』的人。」

「『女王之影』。」

就如名稱所示，這是女王直屬的祕密組織。

這群人奉女王之命，處理以骯髒事為主的各種高難度任務。

我和伊莉娜也隸屬於這個組織……所以如果這名少女所言不假，她就是我們的同僚。

當然前提是她所言不假。

「……有什麼證據可以證明妳沒有說謊？」

「沒有。可是，希望你們相信我。」

少女以有些空洞的眼神看著我和伊莉娜，這麼說：

「我會掩護你們逃走。我來就是為了這個目的。」

宗教被人們視為心靈的寄託。

實際上，宗教也成了很多人的救贖，在維持治安這一方面，宗教也十分有益。

然而……信仰有時會帶來瘋狂。

「受不了，宗教的功罪都大得非同小可啊。」

昏暗、狹窄的大教堂地牢裡。

拉維爾魔導帝國的女王羅莎，滿是倦怠感地喃喃說道。

「由於宗教的存在，讓人們有著一定的道德感……但相對的，也因為有信仰這個概念，對異物的忌諱感更加高漲……要是沒有宗教這種東西，伊莉娜應該也就不用那麼費心了吧。」

她癱坐在冰冷的石砌地面上，背靠著牆壁，仰望天花板。

「……不知道他們兩個，有沒有好好聽本座說的話啊。」

羅莎憂鬱地瞇起美麗的眼睛，想像他們現在的情景。

既然有亞德·梅堤歐爾陪著，伊莉娜就肯定安全無虞。

想必這時候，他們兩人已經和她事先安排好的人員會合了吧。

問題是之後。

「……他們兩個都不肯以自己為優先，這是優點，也是缺點啊。本座拚了命準備的種種，他們都很有可能不理會。可真是交到了棘手的朋友。」

她嘆了一口氣。

這時——

喀、喀。

腳步聲迴盪在地牢。

「有客人……是吧。」

她看向柵欄。

站在那兒的人物，果然不出所料。

「……喔，瓦爾多爾，你可變得真憔悴啊。」

老忠臣瓦爾多爾的容貌，如今就像枯木一般。

從羅莎被聖堂騎士逮捕關進地牢，還不到一個小時，他卻已經有了這麼大的改變。

「才現階段就弄成這樣，可讓本座愈想愈不放心啦。你可不要搞出什麼本座遭到處決後，馬上就衰老死去這種難看的下場啊。畢竟本座過世以後，國家的安定，全都看你的手腕了。」

她哈哈大笑，和平常沒有兩樣，把他當成祖父似的和他說話。

然而，瓦爾多爾什麼話都無法回答。

就只是以幽魂般凹陷的眼睛，盯著羅莎直看。

然而，過了一會兒。

瓦爾多爾嘴唇顫動，說出話來：

「為什麼……！為什麼，您不肯照當初的安排……！」

兩行熱淚從他的雙眼流下。

看到忠臣這種模樣，羅莎心中產生了一抹罪惡感……但她仍然堂堂正正地斷言：

「一想到臣子的心……胸口都要揪成一團。可是，本座羅莎沒有一絲後悔。要本座屈服在教宗的威脅下而背叛朋友，本座就是辦不到。哪怕結果……會導致無辜的人民犧牲。」

羅莎的腦海中，閃現出過去的景象。

那是亞德他們去參加教育旅行時所發生的事情。

教宗萊薩毫無預兆地微服拜訪了王室。

然後他這麼說了：

「如果不希望各位的祕密被揭穿，就和吾人合作。」

舉辦五大國會議、締結和平條約……這些幌子底下，有著某個計畫。

他們不知道這個計畫的詳細內容。萊薩就只是威脅羅莎，逼她當他的棋子。

他的要求只有一個。

在簽訂條約的典禮上，對民眾揭曉伊莉娜的真面目，並保證會加以排除。

「如此一來，本教宗就原諒你們的罪。拉維爾魔導帝國的安泰，由吾人保證。如果各位不接受──」

他說到這裡，就什麼也不再說，就此離開。

之後的日子，簡直是人間煉獄。

那段日子裡，羅莎將身為為政者的選擇，以及身為一名少女的選擇──將這兩者放在天平的兩端，卻始終無法選擇任何一方。

至於最後得出什麼結論，只要看看羅莎的現狀，應該就再明白不過。

「不過，他沒逼我們要連王家的真相都揭露，算是不幸中的大幸。要是被揭穿到那個地步，就完全無計可施了啊。」

真正的王族不是自己，而是伊莉娜等人。

身為「邪神」末裔的他們，才是拉維爾魔導帝國真正的支配者。

如果連這樣的真相都被公開，搞不好整個國家的人民都會出走。這也是宗教的功罪之一。誰也不會想住在邪惡怪物的子孫所統治的土地上。

「想到這裡，現狀的確是不幸中的大幸。畢竟本座就只是替身，多得是可以替代的人——」

「別說傻話了！」

聽到這句怒吼，羅莎瞪大了眼睛。

老臣眼角上揚，表露出劇烈的憤怒。

他的模樣簡直……像個斥罵孫女的祖父。

「妳的確是替身。可是……在我瓦爾多爾看來！妳才是真正的王！絕對沒有人可以替代！」

老臣雙手放上柵欄，咬緊牙關，瞪著羅莎。

他布滿血絲的雙眼儘管嚇人……卻也讓人感受到溫暖。

「……呵呵，上次被你罵得這麼慘，是幾時來著啦？」

她的一生都在當別人的影子，然而，她完全沒有不平或不滿。

這些也全都多虧了有這個忠臣在。

然而……

「本座辜負了你啊。沒能回應你的期待到最後……還是要請你原諒本座的任性。」

羅莎直視瓦爾多爾，說出了這輩子的最後一個請求。

「本座死後，不要讓任何人接近拉維爾的祕境。那裡是為了我們朋友而準備的安寧之地……萬事拜託你了。」

老臣什麼都不回答。

他默默地睜大布滿血絲的眼睛……隨後全身發抖，閉上了眼睛。

他對羅莎的懇求，並未做出任何回答，就這麼離開了地牢。

「……好啦，就不知道會不會照本座的期望走了。」

一切多半都會由一個人決定吧。

沒錯……

一切的命運，都將取決於亞德·梅堤歐爾的選擇。

「你可別選錯了啊。」

受囚禁的女王想起他的身影，又嘆了一口氣。

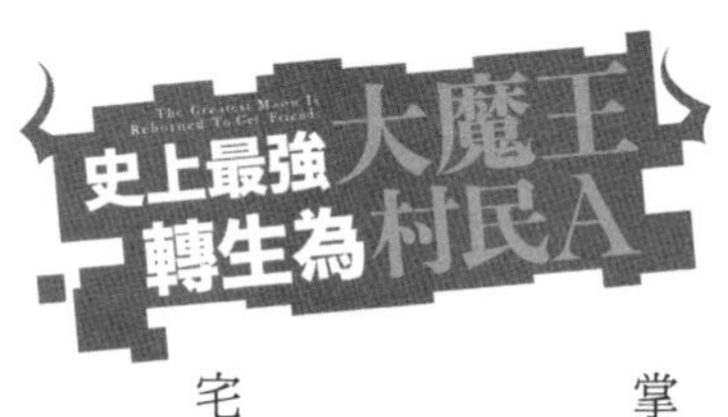

為了掩護我們逃走而來。

對於如此表示的「女王之影」成員，我們投以懷疑的目光。

「……亞德，怎麼辦？」

「我想想。」

我手按下巴思索起來，最後──

「你們準備了藏身處嗎？」

「當然。我們先去那裡躲起來，然後把計畫告訴兩位。」

「原來如此，那我們就過去吧。」

這個巷子雖然很適合藏身，但再怎麼適合，只要過個半天，我們的所在多半就會被對方掌握住。

而且我也想確認各種消息。因此我決定信任對方的說法，跟對方走。

然後──

我們時而在小巷裡壓低聲息，時而經由下水道，最後總算抵達了藏身處。

「女王之影」成員所準備的藏身處，位於美加特留姆的邊陲地帶，是一棟極不起眼的住宅。

我們一進入住宅，剛移步到客廳，該名少女成員就開口說道：

「脫逃的時間是本日深夜，首先把城門衛兵——」

「逃脫計畫的說明就免了。在達成該做的事情之前，我們都不打算離開這美加特留姆。對吧，伊莉娜小姐？」

「一～點也不錯！」

「……你所謂該做的事情是？」

「想也知道，是救出女王陛下。」

「就算要逃出這裡，也是在救出小羅之後！在這之前我們絕對不會逃！」

看到我們毅然的態度，對方並不表露出感情，只面無表情地回應說：

「我很為難。我接到了命令，所以非得執行命令不可。」

「真是的！妳很不懂得通融耶！」

伊莉娜氣呼呼的，但「女王之影」的少女只用空洞的眼神看著她。

我對這樣的她露出有點冰冷的視線，說道：

「如果妳要堅持己見，就只剩下動用暴力這個方法了。可是……要制伏我們並非易事。」

「這我明白。即使想用實力讓你們聽話，也只會浪費時間和體力，而且還有延誤計畫之

虞……所以我無能為力。」

「不，妳有妳辦得到的事，那就是提供情報。」

「提供情報？」

「對。妳在暗中查探了很多吧？妳所得知的情報當中，想必也有我要的情報。只要妳給我情報……我會把一切處理好。」

少女以懷疑的眼神看向我。

「你所謂的處理好，是指？」

「救出女王陛下，然後堂堂正正走出這個國家。這就是現階段我們應該追求的目標。」

「……不可能辦到。痴人說夢也該有個限度。」

她傻眼地喃喃說完，然後深深嘆了一口氣。

「現在，美加特留姆全國都張設了反魔法術式。因此無論我們還是對方，都無法動用魔法。這樣一來，戰況走向就取決於物量。」

「正是。相較於我方只有我和伊莉娜兩個人……對方的戰力多半達到數萬人吧。」

「沒錯，就算你再有本領，這個差距——」

「顛覆得了！」

伊莉娜從旁插嘴，同時像要威嚇她似的眼角上揚。

「不要小看我的亞德！區區幾萬名聖堂騎士，看在亞德眼裡，就和螞蟻沒有兩樣！這麼點人馬……他輕輕一下子就會擺平了！就像這樣，嘿！」

伊莉娜做出腳下輕輕一掃的動作，讓少女再度嘆了一口氣。

看來少女不相信，不過這也無所謂。

只要能夠得到我要的情報，那就行了。

「總之……我要知道多半已經被他們俘虜的女王陛下，處決的日期時刻以及地點，請把這些告訴我。如此一來，我亞德．梅堤歐爾，就會打破僵局。」

少女的態度仍然顯得懷疑，然而──

眼前我還是成功問出了情報。

據說羅莎將在明天早晨，在中央廣場處決示眾。

「嗯，早上是吧。原來如此啊。」

「總……總會有辦法的吧？」

「是啊，沒有任何問題。」

……萊薩的行動果然「如我所料」啊。

我明白他的目的。

他的一切圖謀，都是放在我亞德．梅堤歐爾……不，是放在「魔王」瓦爾瓦德斯身上。

因此，他才會給我緩衝的時間吧。

給我用來下決定的緩衝時間。

……想必不只對我，對伊莉娜而言，也將是一段很難受的時間。

……言歸正傳。

後來「女王之影」的這位少女成員，一再試圖說服我們。然而我們堅持不聽從……

結果，她的計畫付諸流水。

迴盪在街上的鐘聲，證明了這一點。

照少女的計畫，我們應該要在告知夜晚來臨的鐘聲響起時，先前往下水道。

但現在，我和伊莉娜把自己關在住宅的房間裡，迫不及待地等著早晨來臨。

「……伊莉娜小姐，我想妳最好還是睡一下。」

「這我是知道啦。可是該怎麼說……我會緊張，睡不著。」

伊莉娜躺在床上，從剛剛就一直全身頻頻發抖。

「而且亞德你呢？不睡沒關係嗎？」

「我不要緊。因為如果只是三天三夜左右，我就算不吃不喝不睡，也能以萬全的狀態做事。而且……就如我先前所說，『我有些事情非做不可』。」

而我正在進行這件事。表面上看來，我只是在和她說話，但我腦子裡正一步步進行一項工作。

這多半得要熬夜趕工。

然而，伊莉娜沒有道理要陪我。反而是她如果不好好休息，也許就會影響到明天決戰的表現。

……只是話說回來……

相信伊莉娜今晚一定睡不著吧。

她依然全身劇烈顫抖。

她本人說這是臨戰的亢奮，然而——

實際上，並非如此。

她現在，已經快要被不安與恐懼壓垮。

……室內一時之間只有一片沉默。

這段時間非常安靜。

就像世界靜止了一樣，什麼聲響都沒發出。

這彷彿會永恆持續的寂靜……以及平靜的時間，卻在下一瞬間，迎來了瓦解。

是被伊莉娜的一句話打破。

「不知道爸爸在做什麼？」

她的嘴唇，吐出了一顆不安的種子。

「懷斯伯父是人稱英雄男爵的人物，身邊還有我雙親陪著，我想應該不需要擔心。」

「……嗯，說得也是。」

伊莉娜嘴上表示贊同，但她一雙大眼睛裡的不安豈止並未消失，反而只增不減。

迎來寧靜而平穩的時間，反而成了導致她精神失去平衡的導火線嗎？

這讓她說什麼都必須直視現實。

所以，忍不住會去想。

去想未來。

「……接下來，會怎麼樣呢？該怎麼做才好呢？」

從嘴唇縫隙間流瀉出的話語，體現出了她的所有心情。

假設我們救出女王，從這裡脫身……

接下來呢？

要回拉維爾魔導帝國嗎？

我們要回到王都迪賽亞斯。然後，回到學園去嗎？

然而，即使回去……

「大家……才不會……想看到我。」

怎麼想都不覺得那兒還有自己的容身之地。

聽說伊莉娜的真實身分，不只是美加特留姆的人民，而是整個大陸的人都知道了。從這傳播速度來看……萊薩多半是在事前，而且是在我們離開王都之後，立刻就把情報散播出去了。

祕密在他的安排下被揭曉，傳播出去。正因如此——

「對席爾菲來說……『邪神』是可恨的敵人……對吉妮來說，『邪神』的後裔，也是噁心的怪物吧……」

伊莉娜沒有可以把這些消極想法揮開的材料。

而我也是一樣。

我想找些話跟她說。可是，我什麼話都說不出來。

我覺得自己好沒出息。

「大家……大家……才不會……想理我……」

大概是她的感情終於潰堤了吧。

伊莉娜的眼睛流出小滴的淚水，沾濕了床單。

建立起來的信賴、積累至今的友情，一切都崩毀了。

因為人會害怕異物。身為「邪神」後裔的祕密被知道的現在，以前的朋友，多半已經變得厭惡自己了吧。

伊莉娜有著這樣的確信。

……而我無法否定她的這種想法。

所以，才會「選了這樣的未來」。

「博爾多先生……是不是也懷抱著這樣的心情……死去的呢……」

一個曾經相信人類、熱愛人類，想在人群中找到自己容身之處的人。

可是，他被人類背叛，因而絕望，自己選擇了死。

人類絕對不會容許異物存在。

人類絕對不會去愛異物。

人類……

想必就如萊薩所說，只不過是一種只有醜陋與可怕一面的生物。

「嗚……嗚……！」

伊莉娜轉頭朝向牆壁，壓低聲音，不讓我看到哭臉。

……我的心都要撕裂了。

「伊莉娜小姐，有我……」

面對嗚咽的好友，我坐立難安，開了口，然而——

我停住了說到一半的話。

伊莉娜小姐，有我陪妳。無論事態如何演變，我都站在妳這一邊。

……本來想這樣說出「意料中的話」的自己，實在是太過醜陋了。

說有我陪著？所以妳放心？

我有沒有想過會這樣是誰害的？

……是我害的。全都是我不好。

就是我只顧自己，才會奪去了伊莉娜的容身之地。

「我……」

我早就知道了。

早在博爾多死去的時候，我就理解了萊薩的圖謀。

所以，只要我有這個意思，大可事先毀了他的計畫。

我能夠防止這樣的事態發生於未然。

明明如此，我卻特意不這麼做。

要說為什麼……是因為我害怕。

現在的我，要完全擊垮那個萊薩，防止悲劇發生於未然，唯一的方法就是使出全力。

如果我這麼做了，相信現在就不會看到伊莉娜哭泣的臉。

但相對的——

我多半就會被伊莉娜所畏懼、拒絕。

……以前，我曾為了從人稱狂龍王的白龍艾爾札德手中救出伊莉娜，使出過自己的實力。

當時我展現的實力，對我來說還不到三成。

即使如此。

即使如此，伊莉娜當時還是有那麼一瞬間害怕我。

相信當時，她心中的友情勉強贏了。

所以，我們還能夠把彼此當朋友看待。

然而——

一旦展現出全力，想必伊莉娜就會真的害怕我。

因為我——

自稱亞德·梅堤歐爾的我。

其實就是「魔王」瓦爾瓦德斯這個超乎常理的怪物。

哪怕是伊莉娜，人類就是人類。

人類這個種族，肯定無法容許異物。

……我當然也有著想相信她的心情。然而，我就是辦不到。

所以我……就因為不想被伊莉娜拒絕，我……

我讓她吃虧，只有自己得到好處。我做出了這樣的選擇。

結果，伊莉娜失去朋友，失去容身之地，悲嘆度日。

相對的，我又如何呢？

我什麼都沒失去。

既然誰也不知道我的真實身分，我和大家的關係，應該是幾乎可以和以前一樣地維持下去吧。

救了羅莎後，我多半就會和伊莉娜還有她父親懷斯，躲到無人知曉的祕境去，有時去學園和朋友聚一聚，有時去找伊莉娜他們談笑。

我就這樣，持續過著只有自己得到好處的生活，一步步勉強創造出能夠接受伊莉娜的社會。即使要多花點時間，仍然一步步確實去改變。

我就是選了這種太慣壞自己的選擇。還相信這是對的。

我想起了以前和萊薩之間有過的對話。

「只為了自己而利用別人，讓別人的人生走偏。我認為這種自私的人，才更應該受到彈劾。」

「正是，吾人也同意。然而……足下應該記住，這句話也會回到足下身上。」

……啊啊，實實在在就是這麼回事。

直到現在這一刻，我都還在正當化自己的選擇。

說最終這會讓所有人臉上都有笑容。說這就是最好的方法。

……哪裡最好了？

這樣的情形，伊莉娜的這種模樣，難道就是最好的結果？

不對，不可能。這樣的情形，不可能是最好的。

……不就是因為我一直做著這種自私的事情，我才沒辦法變成莉迪亞？才沒有辦法變成像她那樣受人愛戴的人物？

「以後，我……要怎麼……」

看著伊莉娜全身戰慄，發出嗚咽聲的模樣，我才總算領悟到自己犯了什麼錯。

我該做的選擇，不是貫徹愛自己。

我該做的選擇是……

犧牲自己，拯救朋友。

就像莉迪亞過去所做的那樣。

……時間不會倒流。錯誤的選擇，不會被推翻。

然而，可是——

應該還來得及。

應該還能夠把全部重來，拯救眼前流著眼淚的朋友。

「……伊莉娜小姐，請妳放心。我會解決這一切。妳的容身之地，我會幫妳找回來。」

哪怕結果是導致自己的容身之地消失。

我也非辦到不可。

我懷著決心，握緊了拳頭。

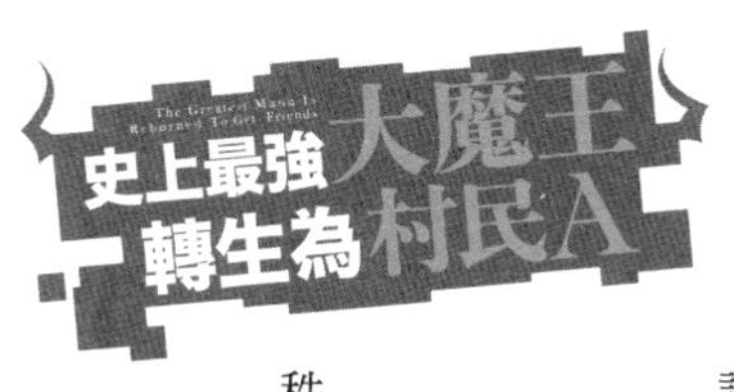

第六十八話　前「魔王」與人性的光輝　中篇

通常，要審判一國之主或王室成員，並處以極刑，是非常困難的。

如果整個國家的政治理念就是絕對王政，自是不在話下；即使是採行民主主義或共產主義這種比較靠向民眾的體制，也是連要進入審判階段都很困難。

因此，若是絕對王政的國家，國王人頭落地的瞬間，通常就只有革命成功的時候才會發生……

若是民主主義國家的王室，則必須由人民在極為漫長的緩起訴期間內，拚命蒐集罪證，設法成功起訴，贏得王室彈劾官司的有罪判決。

不管是什麼情形，要將尊貴的人物從社會上加以排除，將需要莫大的人力與時間。

然而……

唯有由教宗進行的異端審問，是唯一大幅偏離這種常道的情形。

君臨統一教信徒頂點的教宗冕下，本身的存在就是律法，肩負著根據教義，保護全世界秩序的職責。

因此，萊薩・貝爾菲尼克斯，實實在在就是人類這種生物的主席，在人們的認知中，善惡全都由他來決定。

一旦他召開異端審問，無論得出什麼樣的結果，人類都應該接受。

無論受審者是奴隸，還是一國之君。

一旦教宗冕下宣判極刑，就會二話不說地執行。

這就是這個世界絕對的規則。

因此——

拉維爾魔導帝國宰相瓦爾多爾，正嚐到這輩子最劇烈的痛苦。

早晨。

天空萬里無雲，高掛在蒼藍天頂的太陽照亮了地表。

氣溫不熱也不冷。

是個令人神清氣爽的早晨。

這樣的天氣下——拉維爾魔導帝國女王羅莎，正要被處決示眾。

羅莎由聖堂騎士押送，緩緩走在大街上。

她身著不折不扣的罪人打扮。一國之君雍容華貴的服裝已經被換下，換上了給囚犯穿的破爛衣服。

留到腰際的金色頭髮有著幾分髒汙，失去了金絲般的華美。

她所走的道路兩旁，有著無數民眾等待——

每個人都不約而同地指責羅莎。

「魔鬼的走狗！」

「永遠待在地獄被火燒吧！」

「竟敢藏匿『魔王』大人的敵人！無恥！」

他們並非只拋出了充滿嫌惡的視線與話語，其中還有人扔石頭，大聲訕笑。

羅莎的手腳與頭被尖銳的石頭砸中，出了血，但仍抬頭挺胸，正視前方。

她依然充滿霸氣的雙眼所向之處，是那設置於中央廣場上的，她人生的最後舞台。

台狀的巨大建築，以及通往舞台上的長階梯。

那是前幾天，舉辦過簽訂和平條約典禮的大舞台。

「呵呵，為了歡慶和平來臨而造的舞台，現在卻拿來處決示眾，這狀況還真可笑。」

羅莎對民眾的謾罵付之一笑，走著樓梯上去。

宰相瓦爾多爾滿臉怒容，看著這樣的情景。

表面上他與社會性正義同調，恨這個身為罪人的少女。

然而，內心深處——這名年老的忠臣卻流著血淚。

「為什麼？為什麼？那位大人，會有這樣的下場……！」

她衣衫襤褸。

被人拋擲石塊。

暴露出瘀青與流出的鮮血，朝他走來的身影。

讓瓦爾多爾恨不得咬斷自己的舌頭。

又或者……想把將他的君主弄得如此不堪的人們，全都抓起來大卸八塊。

對瓦爾多爾而言，現狀就已經是人間煉獄。

然而——

老忠臣所被賦予的殘酷使命，才剛開始。

他的君主踏入了刑場。

換做是平時，會由教宗在這裡宣讀罪狀，指責罪人。

但教宗不在場。

只站著作為代理的大主教。

不知道原因，他也不想知道。

只是有一件事他很清楚……那就是，接下來才是真正的地獄。

通常要由教宗主持的所有過程，這次都非由瓦爾多爾主持不可。

既然羅莎處在那樣的立場，現在瓦爾多爾就是國家主席。因此他非得保護國家不可。

他必須把所有的罪刑都推到羅莎身上，讓她去背負民眾的所有惡意，將她處決。

除此之外，別無維護國家周全的其他方法。

「來，瓦爾多爾大人，這個。」

大主教遞出一張羊皮紙給他。

瓦爾多爾拿著這張內容指責自己君主的羊皮紙，站到羅莎身前。

「……不要猶豫，做你該做的事。」

聽到她小聲說出的這句話，瓦爾多爾咬緊了嘴唇，但這也只有一瞬間。

他雙手拿著羊皮紙，高高舉起，大聲宣讀。

「汝——羅莎．馮．沃爾格．德．拉維爾！身為『魔王』陛下的信徒，卻背叛陛下！犯下滔天大罪！應受的處罰，除極刑之外不作他想！汝之靈魂必將被打落地獄，永遠受到神聖火焰燒灼之苦！」

他想吐的感覺停不下來。

他只想馬上把這離譜的文章痛批一頓，當場撕毀。

瓦爾多爾拚命壓抑強烈的衝動，冒著冷汗，讓羅莎跪下。

「……你要好好砍啊，本座不喜歡痛。」

羅莎露出微笑，伸長脖子。

接著——

「宰相大人，刑具在此。」

侍立在一旁的一名騎士，交來一把雙刃劍。

異端審問的極刑，是以這把黑劍來執行。這是仿過去「魔王」所用的劍而打造成的刑具，說是被這把黑劍斬首的人，死後將被帶到拷問「邪神」與「魔族」的地獄，和他們一起承受永遠的刑責。

對統一教的信徒而言，這種極刑最令人避之唯恐不及。

「來，宰相大人，對汙穢的罪人揮下正義的鐵鎚。」

在大主教的催促下，瓦爾多爾反覆喘著粗氣，高高舉起黑劍。

「呼……！呼……！」

晴天下，他冒著大量的冷汗，低頭看著羅莎。

握住劍柄的手，痙攣似的發抖。

「嗚……！嗚嗚……！」

他不由自主地發出悶哼。

對瓦爾多爾而言，現狀就是——羅莎的死期，也就是自己的死期。

正因為有著這樣的認知，過去的景象才會有如走馬燈似的流轉。

自己從她還是嬰兒時，就一路看著她長大。

有時作為她在政務上的老師，有時則扮演無異於父親的角色。

先王駕崩後所進行的王位繼承典禮情景，至今仍鮮明地烙印在他腦海中。

她堂堂正正的舉止，不是替身所能有的。

她的聰慧，非他人所能企及。

她身心兩方面都清澈、純正、優美。他由衷確信，史上最棒的王者誕生了。

因此，日前他在地牢所說的話，並無虛假。

對瓦爾多爾來說，真正的王就只有羅莎一人。

……而他卻得親手斬下她的首級？

「嗚……！嗚嗚嗚……！」

他辦不到。

他不可能辦到。

「……宰相大人，您該不會有二心吧？」

二心？

竟然說二心？

瓦爾多爾不由得「喝！」的一聲，呼出粗重的氣息。

所謂二心，是指對君主有叛意。

而對瓦爾多爾來說，所謂君主，指的就只有羅莎一人。萬萬不是指教宗。

「我……！」

兩種感情在心中對立、衝突。

對君主的忠誠與愛。

對國家的忠誠與愛。

正由於兩者都是真心，瓦爾多爾才會苦惱，無法做出決斷。

（為了國家，非得斬殺她不可……！）

（我不就是這樣，花了一個晚上……做出了覺悟嗎……！）

年老的忠臣瓦爾多爾。

這個嚐透人生酸甜苦辣的人，就像幼兒一樣留著眼淚。

（來人啊……！）

（來人啊……！）

瓦爾多爾雙眼流下的淚水，沾濕了羅莎的頸子。

（救救她……！）

（誰來救救這位大人……！）

（救救她……！）

上一次衷心祈禱，是多久以前的事情了呢？

自己一向認為這世上的所有苦難，都只能靠自己的力量來解決。

現在卻像個無力的幼兒一樣，求天神給予幫助。

誰來都好，救救她吧。他由衷懇求。

結果——

就在這個時候——

遠方傳來爆炸聲，竄起了黑煙。

突如其來的事態，讓場面一陣譁然。

「怎麼了！」

「我……我們馬上去查……！」

處刑台上，大主教與騎士們慌了手腳。

「哇！又……又有好大的聲響……！」

「是『魔王』大人！一定是『魔王』大人對罪人生氣了！」

處刑台下，民眾表露出畏懼。

一陣慌亂之中，破壞聲響仍持續發生……

而且確實地不斷接近。

「唉，真是的，果然變成這樣啦？」

羅莎看著遙遠的遠方，傻眼似的嘆了一口氣。

「你完全選錯啦。虧本座一再吩咐，不用理會本座。那些傢伙實在是什麼都沒搞懂。」

她嘴上說得嚴厲，臉上卻顯得有幾分高興。

現在她腦海中，多半浮現出的那幾個人。

這些人的身影，也浮現在宰相瓦爾多爾的腦海中……

而老臣著眼於其中的一人。

非常——

非常非常，看他不順眼。

那樣的人，不可能配得上自己的君主。

所以，自己絕對不承認。

然而……

除了他以外，已經沒有別人可以依靠。

因此瓦爾多爾扭曲自己的心意，忍辱負重，懇求似的，喊出了來人的名字。

「亞德……梅堤歐爾……！」

處決開始前。

準備進行到一半。

我請「女王之影」的少女成員，去查了一件事。

那就是聖堂騎士的兵力布署。

看來他們是以設置在中央廣場的刑場為中心，呈螺旋狀布署。這種布署堪稱銅牆鐵壁，說是連一隻螞蟻都過不去。

所以少女如此斷定：

「隱密行動不會管用。」

在她腦子裡，救出女王的方案多半只有一個吧。

悄悄摸到處刑台上，想辦法避過騎士的耳目，搶回女王。

然後一路走地下路線逃脫。大概就是這樣吧。

如果這個方案行不通，那就束手無策。由於少女這麼認為，才會丟出這麼一個問題來。

「你到底要怎麼做？」

我和伊莉娜一起走出住宅，正要出擊之際。

我這麼回答：

「不怎麼做。我們要做的，就只有正大光明地去恭迎陛下。」

而現在——

眼看羅莎的處決就要執行的瞬間。

我伴隨伊莉娜，光明正大地走在大街正中央。

由於民眾都聚集到了刑場周圍，如今街上已經與空城沒有兩樣。

走在街上的，有我和伊莉娜，以及——

「唔……！那邊那兩個人，給我停步！」

無數在街上巡邏的聖堂騎士。

其中一隊察覺了我們的存在，發出犀利的呼喝。

「這些傢伙……！」

「是緝拿對象！」

「竟然給我這麼光明正大走在街上……！是瘋了嗎……！」

騎士隊的成員們大聲喧譁。

其中一人，對似乎為隊長的人問起：

「要叫其他部隊來嗎？」

「……不，沒有必要。有我們應該就夠了。」

他一說完，拔出了佩在腰間的劍。

其他隊員也仿效隊長，一齊拔出了武器。

「我是不知道你們怎麼個失心瘋，但施展不了魔法的人，還真敢這樣出來行走啊！」

隊長嘲笑我們。

接著，整隊騎士配合他的衝鋒，蹬地而來。

「上頭有令，最壞的情形下，殺了他們也無所謂！大家不要手下留情！」

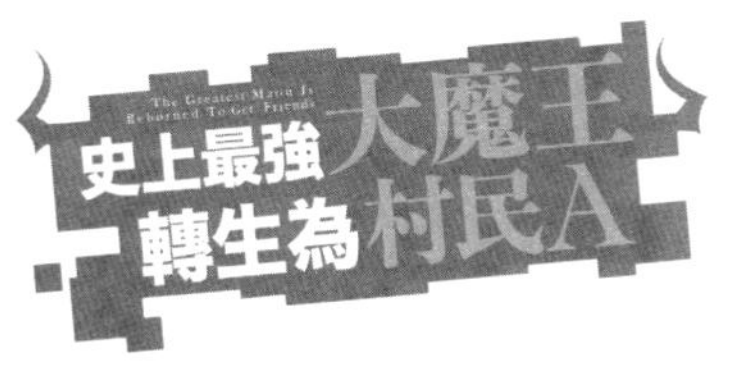

「為了教宗冕下！」

「唔喔喔喔喔喔喔喔喔喔！」

我看著直逼而來的這群人，開口說道：

「的確，既然張設了反魔法術式，就無法施展魔法。想來這是不折不扣的絕對規則，可是——」

我淡淡地陳述，同時揚起嘴角。

「對我（魔王）而言，規則永遠是為了打破而存在。」

我一說完，立刻將右掌伸向對方。

看在騎士們眼裡，這個舉動多半莫名其妙。

「還伸出手！是打算怎麼樣啊！」

「我打算這樣。」

一瞬間。

我的右掌前方，顯現出紅色的幾何紋路。

沒錯——是魔法陣。

「這——！」

對這些騎士而言，萬萬不可能發生的狀況成了現實。

「各位一起被轟上天去吧。『風斬術(Wind Slash)』。」

隨著這句宣言出口，一陣勁風在我面前呼嘯而去。

發出轟隆巨響的風，將騎士們吹得飛到大老遠去。

飛上天的這些人，全都大吃一驚。

為什麼這種事情會發生？

明明應該已經沒有辦法施展魔法了。

我對想這麼說的他們，露出微笑。

「就如先前所說，規則對我而言，就是用來打破的。又或者說——」

「亞德．梅堤歐爾！才是這個世界絕對的規則！」

伊莉娜接過我的話頭，得意地挺起胸膛。

我對她露出笑容，開口說道：

「好了，我們開路過去吧。」

「嗯！」

伊莉娜強而有力地點點頭，我也點頭回應，接著——

兩人一起蹬地而起。

接著，有如疾風般，跑在大街正中央。

當然了，騎士們不可能沒發現我們，然而——

「嗚哇啊啊啊啊啊啊啊啊啊！」

「請……請求支援！快叫支援啊啊啊啊啊啊啊啊！」

我讓他們和先前解決的那批人，走上同樣的下場。

前進，發現，殲滅，繼續前進。

「為……為什麼！為什麼他們可以施展魔法？」

「該死！叫特選隊來！如果是他們，根本不把魔法——嗚哇！」

騎士隊的人接連被擊潰。

他們異口同聲問出的一句話，就是為什麼可以施展魔法。

這當中的機關非常簡單。

既然無法施展，改成可以施展就好。

所謂反魔法術式，也就是以一定面積為對象，封堵這個空間內所有行使魔法的舉動……

這本身也是一種魔法。

既然如此——

也就可以靠我的異能——解析與支配來因應。

我透過對反魔法術式進行解析與支配，改寫了術式，改成只有我和伊莉娜可以施展魔法。

昨晚熬夜進行的工作，就是解析這術式。

……換做是尋常術者所張設的術式，這種工作只要短短幾秒鐘就會結束。

但或許該說，真不愧是四天王吧。

萊薩所張設的反魔法術式，就是整個城市本身。

先前上了高台，將市街盡收眼底，讓我發現了這一點。

建築物的造型與配置，都經過巧妙的計算，讓整個城市形成了難解的反魔法術式。這無疑是萊薩刻意安排的吧。

從創設這個宗教國家的時間點上，就已經在策劃這次的計畫了。

……他還是那麼老謀深算。

然而，並不至於對抗不了。不至於讓我畏懼。

因此，現在該擔心的是……

「哈哈！要來就來啊！什麼聖堂騎士，我一點也不怕！」

我的好朋友，伊莉娜的精神狀態。

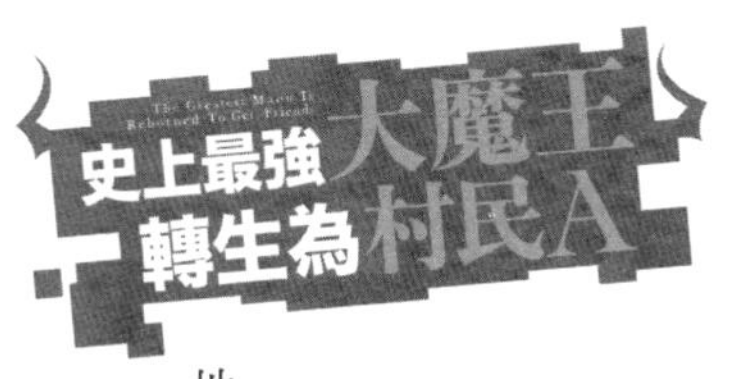

她露出好戰的笑容，一路擊潰騎士們的模樣……非常不像她的作風。

儘管相信自己的正義，卻仍對對方手下留情，才是伊莉娜這個少女的風格。

然而，現在她的心中，沒有一絲這樣的溫情。

「可惡！可惡！可惡！」

她毫不留情地施展魔法，狠狠打垮對手。

相信她若不這樣專注於戰鬥，一顆心就會被壓垮吧。

伊莉娜無疑陷入了自暴自棄。

失去了一切，引發了這種自暴自棄。

……然而現在，我沒有話要對她說。

這樣就好。

就這樣往前衝。

我要排除礙事的人，然後──

犧牲自己，拯救伊莉娜。

「哼！沒了嗎？根本沒什麼了不起的！」

「……不可以大意。增援趕來的速度，已經變得相當快了。這證明我們已經接近了目的地。接下來，敵方應該也會拚了命趕來阻擋吧。」

「沒什麼大不了的！只要一個個轟掉就行了！」

伊莉娜不斷證明自己的發言。

她毫不遲疑地用魔法痛擊對手，無論對手受到多麼重的傷害，都完全不放在心上。然而，她的雙眼開始被淚水沾濕，咬緊一口露出的白牙。

刑場已經近在眼前。

然而，就在這時候——

「來了！特選隊！特選隊來啦！」

「喔喔！」

騎士們情緒沸騰。

「……唔，特選隊……是嗎？」

古代萊薩所率領的部隊模樣，在腦海中閃過。

結果。

出現在我們眼前的這些傢伙，就和我想起的那些部隊一樣。

「……！那些傢伙，是怎樣……！好不舒服……！」

伊莉娜皺起眉頭，說出嚴厲的評語。

剛趕來的生力軍——他們所謂的特選隊，看來和其他騎士完全不一樣。

首先，裝備就不一樣。

身披的鎧甲，比一般的聖堂騎士厚重。

佩掛的劍，有著黃金色的劍身，看上去就覺得性能很高。

然而，最大的差異是——

「發出藍光的眼睛，還有刻在胸口的刻印。所謂特選隊，指的果然是強化兵團啊。」

逼近到眼前的這些人，眼睛籠罩著藍色的光芒，讓人感受不到人性。

胸前浮現出獨特的刻印，發出明亮的光芒。

這是萊薩的異能造成的。

如果要為他所擁有的異質能力命名，大概可以叫做「加持超升」吧。

「嘰咿咿咿咿咿咿啊啊啊啊啊啊啊啊啊啊啊啊啊啊啊！」

挺在隊伍最前方的特選騎士，高高舉起拔出的大劍，當頭直劈。

他的目標是伊莉娜。然而，她並不是遲鈍到會被預備動作這麼大的一劍給劈中。

只見她輕而易舉地躲開，回敬一發魔法。

「『大熱焰術（Mega Flare）』！」

巨大的火球飛向敵方。

高熱只燒灼到鎧甲，但即使如此，應該仍對鎧甲內的肉體造成了難以承受的痛楚。無論有著多麼強韌的精神力，都不可能再進行戰鬥。

……照理說是這樣。

「嘰嘰啊啊啊啊啊啊啊啊啊啊啊啊啊啊啊啊！」

「唔！」

敵方豈止並未喪失戰意，反而在嘶吼聲中，將大劍揮來揮去。

「這……這傢伙，是怎樣啦……！」

「反常的不是只有他一個。」

我對跟著逼近的其他特選騎士，隨手發動幾個魔法。

對一些人用火焰，對一些人用風刃，對一些人砸出土塊。

換做是一般人，這樣的傷害已經足以癱瘓戰鬥能力。

然而，可是——

「嘰喀！嘰喀喀喀喀！」

「嘎嘎！嘎！嘎嘎嘎嘎嘎嘎嘎！」

他們卻若無其事地站著繼續走動，並不停止戰鬥。

……這就是萊薩所擁有的異能「加持超升」的效果。

他對別人施展強化魔法時，會發生尋常情形下不會看到的效果。

其中一種是——發狂。

有效期間內，該人的精神將會崩潰，淪為只會執行萊薩命令的傀儡。

因此無論受到多麼重大的傷害，都絕對不會停止。

一旦被命令要去戰鬥並得勝，哪怕只剩下頭，都會試著咬斷對方的脖子。

以前萊薩就率領這樣的強化兵團，在戰場上馳騁……

不只是靠自己的力量，還並用他人的力量，達成了殺神的偉業。

「還真是派了些難搞的傢伙來啊。」

我充分了解強化兵團多麼強大。

要應付這些傢伙，已經——

已經不能再保留實力。

「……比預料中更快啊。」

本來預料中，應該還要再晚一些。

我好希望再晚一些。

好希望盡可能多當伊莉娜的朋友一會兒。

可是，時間已經到了。

「再這樣袖手旁觀，難保羅莎的頭不會落地。不能再拖下去了。」

我一邊說服自己，一邊看向伊莉娜。

她臉上露出對敵方的恐懼，但仍堂堂正正應戰。

……如果可以，最後希望能看見她開朗的表情，但想來這也是沒辦法。

我就照計畫，盡力而為吧。

脫去亞德·梅堤歐爾這個面具。

「『『他的路上有的是絕望』』。」

我開始詠唱我的王牌——「專有魔法(Original)」。

這次，我不會保留實力。

要完全解放所有力量。

然後——

讓世界知道，「魔王」已經再度降世。

除此之外，別無他法。

我要將救贖帶給失去了一切的伊莉娜……相對的，我將失去一切。

在我面前列出的選擇，就只有這一個。

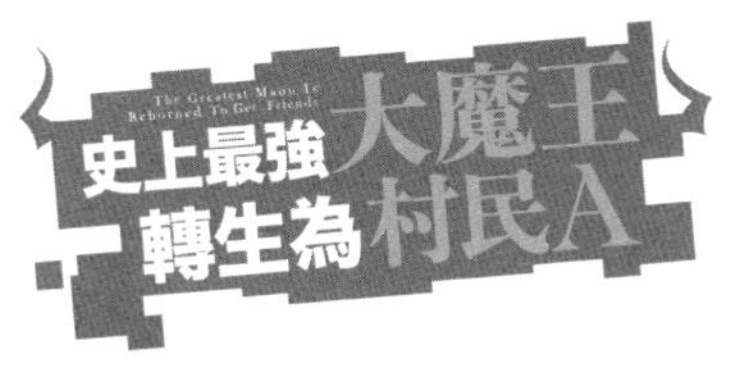

我該選的選擇，就只有這一個。

「……再見了，伊莉娜小姐。」

詠唱途中，我以任何人都聽不見的小小音量，對她道別。

然後，我一邊斬斷猶豫，一邊繼續詠唱……

「啊哇煞啊啊啊啊啊啊啊啊啊啊啊啊啊啊啊啊！」

我正要繼續之際——

一個耳熟的喊聲從天空響徹四周。

一名少女飛到眼前。

她甩著一頭紅蓮火焰般的紅髮落地的同時，朝著特選騎士，高高舉劍直劈。

「咕嘰！」

一名特選騎士的頭盔被劈開，發出小小的慘叫，倒在地上。

「哼哼！放心吧！我是用刀背打。」

咧嘴一笑，讓犬齒一亮的她是……

「席爾……菲……？」

伊莉娜瞠目結舌。

而在她身後——

「呃，用刀背打？妳的這把劍是雙刃劍吧？根本沒有刀背，哪來的用刀背打呀？席爾菲小姐。」

「細節就不要在意了！這種事情最重要就是講得溜啊，要溜！」

一名少女對把劍揮來揮去的席爾菲傻眼。

毫無疑問，她是……

「吉妮……同學……？」

我也和伊莉娜一樣，睜圓了眼睛。

……不可能。

她們絕對不可能出現在這裡。

無論如何趕路，要來到美加特留姆，至少都要花上好幾天。因此，即使她們趕來，等到抵達時，一切應該都已經結束了。

……吉妮多半猜到了我的心思。

「就在剛剛，維達大人來找我們，把兩位的狀況跟我們說了。而且，她還說，如果我們想趕來，就把傳送裝置借給我們用。」

「我們就是用那東西飛來了喔！」

……如果有這樣的情形，她們趕上也不奇怪。

然而，在這之前，比時間更根本的問題是——

為什麼？

為什麼，她們會趕來？

明明伊莉娜身分的真相已經眾所周知，為什麼？

……對這個疑問的感情，伊莉娜肯定比我強烈得多。

「為……為什麼妳們會……？」

「嗯～？什麼為什麼？妳在問什麼？」

「我……我是……我是『邪神』的後裔喔……席爾菲……看……看在妳眼裡，不是可恨仇敵的……子孫嗎……」

為什麼她們會趕來幫這樣的人？

伊莉娜以擔心受怕的視線這麼說，席爾菲對她歪了歪頭。

露出一臉覺得這女的在胡說什麼的表情。

「這是兩碼子事吧。是『邪神』的後裔所以怎樣怎樣的，這種事情根本不重要吧。重要的是——」

席爾菲扛著劍，說到一半——

「嘰嘰嘰嘰嘰！嘰呀啊啊啊啊啊啊啊啊啊啊啊啊啊！」

本來提防我們的特選騎士，一齊撲向了她。

「啊！真是的！我話才說到一半好不好！」

「我來支援妳，席爾菲小姐！」

席爾菲不耐煩地揮舞著劍，吉妮則一邊以高速與敵人纏鬥，一邊挺槍刺出。

席爾菲舉起的兵器，是聖劍迪米斯．阿爾奇斯。這把傳說的寶器，不受反魔法術式的影響。

另外，吉妮的裝備也是一樣。她披掛的皮甲，持用的長槍，都是被送去古代時，我借給她的魔裝具。

賦予在武器上的力量，即使在張設了反魔法術式的空間內，也能不受影響，正常運作。

因此，她們兩人的活躍簡直是以一當千。

席爾菲一邊應戰，一邊呼喊：

「我剛剛話說到一半！是『邪神』的後裔什麼的，根本不重要！重要的是——我！待在伊莉娜姊姊身邊！能不能放心！只有這件事才重要！」

席爾菲一一砍倒敵人，繼續呼喊。

「我！跟伊莉娜姊姊一起！就會好放心！姊姊身邊，就是我的歸屬！是我在這個時代，唯一的歸屬！所以我要保護姊姊！才不會讓任何人動姊姊！」

聽到她熱血的呼喊，伊莉娜嘴唇顫動。

「席爾……菲……！」

她的眼睛開始被淚水沾濕。

就在這個時候——

「轟飛他們～」

「轟飛他們～」

才剛聽見兩個平緩的說話聲合而為一地迴盪開來，下一瞬間——

暴風肆虐，將近一半特選騎士飛上了天。

這不是魔法造成的。

這是超古代的力量。

而有這種能力的是——

「露米同學、拉米同學……！」

是遠古精靈雙胞胎。

她們一邊從稍遠處的建築物屋頂，俯瞰我們這邊，笑瞇瞇地揮著手。

「爸爸～」

「我們來救你們了～！」

聽到她們喊聲的同時……

「我……我也在……喔……！」

又有一個耳熟的聲音飛來。

剎那間，一道紫電呈蜘蛛網狀竄過虛空，貫穿了多名特選騎士。

這是魔法，但並不是以符文言語發動。

不受反魔法術式而發動的這次攻擊……是以「魔族」的言語建構出來的魔法。

施展魔法的人是——

「卡蜜拉同學……！」

是有著蒼白肌膚與純白色頭髮的「魔族」少女。

「為什麼，妳們會……」

對於這個下意識問出的疑問，卡蜜拉一邊再度使出魔法，一邊大吼：

「去……去幫朋友……！不……不是！理所當然的嗎！」

朋友。

即使知道真相，仍然這麼斷言嗎？

「說起來就是這麼回事。啊，可是伊莉娜小姐，還請妳不要誤會喔。我終究只是來幫亞德的，對妳我就一～點興趣都沒有。什麼『邪神』的後裔，我根本就不管。不管妳有什麼樣的祕密——」

「吉妮……」

「不管妳有著什麼樣的祕密，我也不會更加討厭妳了～因為我對妳的好感度，從一開始就降到底了嘛～呵呵呵呵呵～」

看到她賊笑兮兮，露出壞心眼的笑容——

伊莉娜全身發抖地大吼：

「哼！我也一樣！我最討厭妳了！」

說出來的話雖然帶刺。

伊莉娜卻由衷地開心歡笑。

她一雙大眼睛，眼淚流個不停，笑著說：

「而且啊！才不需要妳來幫什麼忙呢！亞德只要有我在，就無敵了！根本沒人要妳來啦！」

聽到她這儘管帶刺，卻又透出幾分愛情的說話聲，吉妮嘻嘻笑了幾聲。

「呵呵，妳愈來愈有平常的樣子啦～這才是伊莉娜小姐。悲劇女主角不適合妳，像剛剛

那樣吱吱叫的猴子樣，才最適合妳。」

「妳說誰是猴子啦！說誰啊！」

「啊～好好好，別說那麼多了，趕快過去吧。你們不是要去救女王陛下嗎？妳可要多注意，別扯亞德後腿啊。」

「不用妳說我也知道！妳這笨蛋！」

伊莉娜和她來上這麼一段一如往常的對話後，抓起我的手，跑了起來。

我被她拉著手，也跟著跑了起來。

「你們兩個可要撐住喔！」

「不過有亞德在，想來是不會有任何問題啦。」

「爸爸慢走～」

「這裡就交給我們～」

「我……我也……幫得上忙的……！」

聽到背後的聲援，我——

胸中湧起一股溫暖的感情。

不知不覺間，詠唱「專有魔法」這件事已經被我拋諸腦後。

「欸，亞德。」

伊莉娜握住我的手，一邊奔跑，一邊平靜地微笑。

「我啊，過去無法相信大家。我由衷以為，一旦知道我的祕密，所有人都會拒絕我……我真的好傻。」

伊莉娜一邊擦去眼角滲出的眼淚，一邊說：

「我什麼都沒失去……！我對過去沒辦法相信大家的自己，非常生氣……！」

她的表情非常開朗。

彷彿昨晚透出的悲傷，以及直到先前都失控的模樣，都不曾發生過。

她已經充滿希望、活力與勇氣。

「我對……大家……」

伊莉娜的話，強烈地穿透到我心中。

啊啊，對喔。

我——

「唔喔喔喔喔喔喔喔喔喔喔喔喔喔喔！」

思考到一半。

隨著一陣巨大的嘶吼聲傳來，我感受到一種熱烈的殺意。

我不及細想，抱住伊莉娜的纖腰，往旁跳開。

瞬間，我們先前所站之處的地面，被尖銳的冰柱刺穿。

……看樣子他們解開了反魔法術式啊。

我朝攻擊飛來的方向看去，看見許多特選騎士瞪著我們。

面對這群猛獸般激動的傢伙，我皺起了眉頭。

「……接下來，多半會很嚴峻啊。」

特選騎士有著高得反常的耐力與力氣，如果再加上魔法……

他們實實在在稱得上是最強的步兵。

然而，面對這樣的對手。

伊莉娜猛然咆哮：

「哈！那種傢伙，沒什麼大不了的！」

她身上已經不剩下半點先前那種自暴自棄。

她的臉上，只充滿了清純的勇氣。

「要來就來啊！現在的我！不覺得自己會輸！」

伊莉娜全身，散發出一種鬥氣似的氣息。

彷彿強烈的精神，轉換成了實際存在的能量。

而對方彷彿在呼應她的這種模樣。

「嘎嘎啊啊啊啊啊啊啊啊啊啊啊啊啊啊啊啊啊！」

「咕吧啊啊啊啊啊啊啊啊啊啊啊啊啊啊啊啊啊！」

大群特選騎士，大吼著撲來。

眼看戰鬥就要開始之際——

「不要停下腳步。」

一名獸人從建築物後現身，站到我們身前。

她的手一按在佩掛在腰間的刀柄上——

「疾！」

隨即發出熾烈的呼喝聲，拔出刀身。

那實實在在是神速的拔刀術。

短短一瞬間，揮出超過一千刀。

劍光填滿虛空，將特選騎士的鎧甲一一斬斷。

「……放心吧，是用刀背打。」

和之前那個笨蛋不一樣，這次是真的用刀背打。

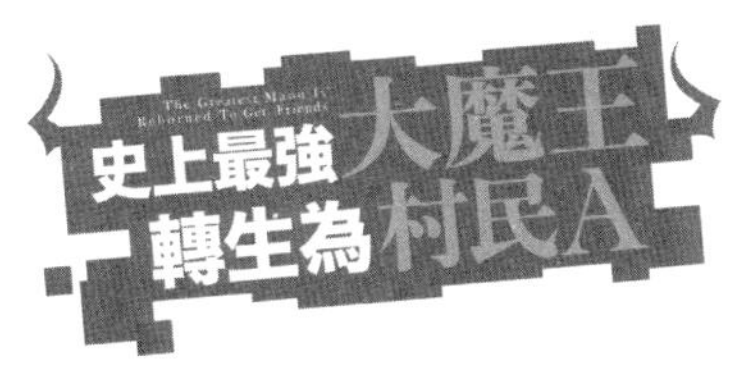

特選騎士眼睛發出的藍光消失，一個個應聲倒地。
短短一瞬間就完成這種破格表現的這名女子是……
「奧……奧莉維亞大人……！」
伊莉娜說得沒錯，她就是我老姊——奧莉維亞．維爾．懷恩本人。
她「呼」的一聲呼氣，收刀入鞘，然後轉身面向我，說道：
「……哼，果然如我所料啊。」
奧莉維亞眉心擠出垂直的皺紋，瞪著我說：
「心中懷著愚昧的想法，一臉呆樣去面對事情……現在的你，讓人看不下去啊，亞德．梅堤歐爾。」
她的眼神，彷彿完全看穿了我的心情。
……實際上，她多半就是真的掌握了這一切，才來到這裡的吧。
為的是阻止笨蛋「老弟」失控的舉動。
「犧牲自己來拯救好朋友……你多半就是打算這樣吧？哼，你要搞錯幾次才會滿意。你『還是老樣子』，對這方面沒有半點學習能力。」
奧莉維亞傻眼似的聳聳肩膀，嘆了一口氣。
「你這個大笨蛋，才沒有人會被自暴自棄的自我犧牲所拯救。而且，從一開始就不存在該由你去拯救的對象。嚴格說來……亞德．梅堤歐爾，你該拯救的對象，就只有你自己。」

伊莉娜多半不懂她話中的含意吧，從剛剛就一直歪頭納悶。

這也難怪。

因為現在的奧莉維亞，並不是在對伊莉娜的好朋友說話。

現在的奧莉維亞——

一定是在對她那個不成材的「老弟」訓話。

「我看你多半是受到萊薩的話語同調，被他給蠱惑了吧。你真是個糊塗的傢伙。你是聰明反被聰明誤，沒辦法當個傻瓜。有時候去當個像席爾菲那樣的大笨蛋，活在這世上會順利得多……你忘記以前的朋友曾經這麼跟你說過了嗎？」

這句話……

是前世，有一次，莉迪亞對我說的。

「這個世界的結構，遠比你想像得更加單純。這點——相信『大家』會證明的。」

她先煞有深意地喃喃說完，緊接著——

「發現緝拿對象！」

「慢……慢著……！那不是奧莉維亞大人嗎……？」

「她願意幫我們……？」

對方的騎士大舉湧來。

他們看到奧莉維亞現身，都不知所措。

她以粗魯的態度，回答這些騎士。

「不要誤會，我只是來指導笨學生，你們的事我才不管。」

看她光明正大地斷定，騎士們更加不知所措了。

「想捉這幾個傢伙，就隨你們便。只是——就不知道『大家』答不答應了。」

奧莉維亞再度嘆氣，緊接著——

出現了一群我完全沒預期到的闖入者。

他們是——

「唔喔喔喔喔喔喔喔喔喔喔喔！」

「保護伊莉娜啊啊啊啊啊啊啊啊啊啊啊！」

「展現訓練成果的時候到了！伊莉娜親衛隊，衝鋒～～！」

是我們班的男生，以及——

「亞德大人啊啊啊啊啊啊啊啊啊啊！」

「這裡就由我們來，代替吉妮隊長！為他開路呀啊啊啊啊啊！」

「事關亞德後宮隊的威信！」

整群女生。

其中還混著一名——

「吃我這招！『閃電攻擊術（Lightning Shot）』！」

甩動一頭黃金色頭髮，發出雷擊的少女。

是我們班上的公爵千金——薇若妮卡。

「哼哼，首功我要了！」

薇若妮卡對一名騎士發出雷擊，擺出握拳姿勢。

這成了決戰開始的信號。

「跟上薇若妮卡小姐啊啊啊啊啊啊啊啊啊！」

「聖堂騎士有什麼了不起啦啊啊啊啊啊啊啊！」

「亞德大人跟我結婚啊啊啊啊啊啊啊啊啊啊！」

雙方展開了劇烈的魔法對攻。

化為激戰戰場的大街上，騎士們的吼聲此起彼落。

「你們這些傢伙！知不知道自己在做什麼！」

「身為統一教的信徒，竟然和『邪神』後裔勾結！」

「就算是小孩子，我們也不會手下留情！」

對於騎士們發出的憤怒，學生們絲毫不退縮，吼了回去。

「少囉唆啦，笨～～～～～～～～蛋！」

「什～～～麼統一教啦，混帳白痴！我們可是伊莉娜小妹妹真的有夠天使教的狂信者啦啊！」

「沒看過也沒相處過的『魔王』大人，我們才不管！」

「眼前的美少女，才是人生的一切啊！」

「伊莉娜小妹妹的存在就是我的救贖！伊莉娜小妹妹萬歲！伊莉娜小妹妹真的有夠天使的啦啊啊啊啊啊啊啊啊啊啊啊啊啊啊啊啊啊啊！」

……這些傢伙粗豪的嘶吼，讓我和伊莉娜都不想領教，然而──

「呵……呵呵……！」

看到男生們拚命獻殷勤的模樣，伊莉娜隨即大聲笑了出來。

「啊哈哈哈哈哈哈！就和奧莉維亞大人說得一樣呢！根本沒有人需要被拯救！我！真的！好幸福！」

伊莉娜露出滿面花朵盛開般的笑容。

「喔喔喔喔喔喔！我們的伊莉娜小妹妹，在笑啊啊啊啊！」

「亞德大人！亞德大人也笑一下嘛啊啊啊啊啊啊啊啊啊啊！」

「我們表現還不夠好！所以亞德大人才會維持撲克臉！」

「不，可是，讓他一臉不帶感動的撲克臉，看著我們拚命努力……這樣好像也挺不錯的……！」

無論男生，還是女生，都肆無忌憚地爆出自己有多變態，一步步擊退騎士們。

……仔細一看，加入戰線的，不是只有我們班上的學友們。

隔壁班的同學，還有再隔壁班的同學。

驚人的是，連先前在校慶上和我們敵對的班級也都參加了戰鬥。

為什麼連他們也跑來？

我正感到疑惑……

「亞德．梅堤歐～～～爾！你這傢伙！被你看不起的人幫助的心情怎麼樣啊！」

「我們才沒有輸給你們！」

「只不過僥倖贏了一次，不要得寸進尺啊！」

他們的話，深深刺進我心理。

一群以前敵對過的人。

一群多半討厭我的人。

一群知道我的力量，理應因而崩潰的人。

現在，卻為了幫助我而展開了行動。

最甚者莫過於——

「不要拖拖拉拉的噢～～！吃我一招，『鉅級熱焰術(Giga Flare)』！」

剎那間，騎士隊隊形正中央，竄起了巨大的火柱。

這個只用一招，就解決一半以上敵人的少年，將臉轉過來……

「雖然跟你之前用給我看過的『真貨』，是差得遠了……就別跟我計較了噢。」

他有點尷尬地搔了搔頭。他的名字是……

「艾……艾拉德？」

伊莉娜睜圓了眼睛。

沒錯，是艾拉德。那個有點胖的少年，混在許多學生當中。

「為什麼，連你也……」

「呃～該怎麼說～我不是欠你們一次嗎？你也知道，我們第一次見面時，我對你們那麼跩。記得我對亞德在校慶的時候就道歉過吧？所以啦……伊莉娜，那個時候，真的很對不起噢。」

「咦？不……不會，沒什麼，這個，該說我也已經沒放在心上嗎？」

對伊莉娜而言，這是她第一次和劇變後的艾拉德相處。

因此，也難怪她會一頭霧水。我在校慶和他重逢時也嚇了一跳。

……這樣的艾拉德，還帶給我們更大的震驚。

「然後噢，該怎麼說～我後來也發生很多事……亞德，我針對你左思右想……可不是在說什麼我愛上你之類的啊！就是，該怎麼說，這個，你好像有些地方跟我有點像，我也不是不會覺得說，說不定我們可以當朋友之類的～……」

他目光亂飄，冷汗直流，然後搔著頭髮大喊一聲「啊啊，真是的！」之後——

「好啦！總之！既然大爺我來了，你們就當自己上了豪華客船一樣噢！好了，我說完了！繼續戰鬥！」

他強行結束對話後，投身於戰鬥的風暴當中。

「總……總覺得嚇了好大一跳。大概，可以排進人生震驚排行榜前三名吧，這個。」

「……是啊，真的。」

我在震驚的同時，知道了自己錯在哪裡。

先前我和艾拉德決鬥，獲得勝利時，是由衷這麼想的——

覺得我跟這小子，說什麼也沒有辦法再當朋友了。

艾拉德知道了我的力量。而且，還因此崩潰了。

當時艾拉德看著我的眼神……不折不扣是看著異物的眼神。

是人類對上可怕的怪物時，會露出的害怕模樣。

所以我才會認為，我沒辦法和艾拉德當朋友。

我這麼認定了。

因為人類會害怕異物。因為人類絕對不會接納異物。

所以只要明白我的實力，任何人都會拒絕我。

我自己這麼認定了。

然而……我錯了。

哪怕一時崩潰，把我當成異物。

人的心總有一天會痊癒，會重新審視對方。

最後……也可能會接納異物。

「哼，看來你搞懂了啊。」

「奧莉維亞……大人……」

奧莉維亞忽然間站到我面前，雙手抱胸，湊過來看著我的臉。

「人類很醜陋，坦白說，最容易注意到的都是齷齪的一面。可是啊……人類不是只有這麼一面的生物。現在的你，應該懂這一點吧？」

「……是。」

我錯了。先前我一直走在錯的路上。

這樣的我，自然不可能做出正確的選擇。

然而——

如果是現在。

如果是多虧大家，得以看見正確道路的現在的我。

「你也差不多該當個傻瓜啦。像席爾菲……像莉迪亞那樣，當個傻瓜，相信人類吧。亞德·梅堤歐爾，你在『今生』累積起來的一切，絕對不會背叛你。」

我用力——很用力很用力地點了點頭。

「既然懂了，就趕快走吧。去把該做的事情做一做再回來。」

我聽從老姊的吩咐，和伊莉娜一起往前跑。

「……自暴自棄之下暴露真面目的『重逢』，誰也不會想要啦，蠢材。」

那鬧彆扭似的說話聲，我刻意聽而不聞。

只是……我滿懷著對老姊的感謝，在大街上飛奔。

最後——

我和伊莉娜，抵達了中央廣場。

「咿！」

「是魔鬼！是魔鬼的手下！」

「騎士大人在做什麼？快……快點殺了那個怪物啊！」

如今民眾的罵聲，我也根本不放在心上。

伊莉娜也是一樣。

從某個角度來看，我們都已經脫胎換骨。

我們知道人類的醜陋。對於人類的可怕、人類的自私，都了解得不想再了解。

然而，現在的我們——

不認為人類是只有可怕一面的生物。

「我們要上了，伊莉娜小姐。」

「嗯！小羅，妳等著！」

我們承受著謾罵。

承受著拋擲來的惡意。

但我們仍維持著純白的心靈，往前衝。

跑向漫長的階梯。

一路擊潰進逼的騎士們。

我和伊莉娜，終於……

「女王陛下，我們來迎接您了。」

「妳可以放心了，小羅！因為我們來了！」

抵達了目的地。

「唉，真是的，世事就是不如人意啊。本座帥氣的場面都被你們給毀啦……不過，這樣也許反而好吧。看著現在的你們，就會這樣覺得。」

羅莎跪在地上，一副正要被斬首的模樣，卻有點開心地對我們微笑。

……下一瞬間——

「亞德・梅堤歐爾！以及伊莉娜・利茲・德・歐爾海德！我國開國以來，最惡劣的叛國賊！看本宰相瓦爾多爾，對你們揮下正義的鐵鎚！」

老臣以布滿血絲的眼睛看過來，發出怒吼。

……我可沒瞎到會看不出這全都是在演戲。

「唔喔喔喔喔喔喔喔喔喔！」

他舉起黑劍，衝了過來。

一切都是為了保住國家而演的戲。

當然……我也奉陪。

「就憑你這點正義，就想斬斷邪惡，簡直貽笑大方。」

「化為我劍上的鐵鏽吧啊啊啊啊啊啊啊啊啊啊啊！」

他的氣勢有模有樣，但劍路實在太放水。

高高舉起而劈下的動作，實在太拖泥帶水。

我理所當然地避開，踏上一步。

隨即對瓦爾多爾的心窩送上一拳。

「咕哈！可……可恨……！大主教大人……之……之後，有勞您……」

瓦爾多爾一邊演戲，一邊倒地。

但他倒地之餘，仍在我耳邊……

「女王陛下，就拜託你了……！」

對於這毫無虛假的真心話，我在心中做出了回答。

說包在我身上。

「嗚……嗚嗚……！你……你們這些叛國賊！」

被稱為大主教的壯年男子開始詠唱，準備施放魔法。

我沒理由特地等他唱完。

「『閃電攻擊術』。」

「咿！」

他上半身被我發出的雷擊貫穿，翻著白眼昏倒。

這樣一來，礙事的人就全部消失了。

「大功告成啦！好啦，小羅，我們回國去！跟大家一起！」

「嗯……喂，瓦爾多爾，你醒著吧？喂。告訴你，大家可不會抬你走，裝睡也沒用啊。」

女王對倒地的宰相，連連踢著他側腹部。

不知道是不是錯覺，瓦爾多爾顯得挺舒服。

「呼，不管怎麼說，伊莉娜小姐說得對，這樣一來──」

就大功告成。

……然而事與願違。

「『『侵蝕我心的，白色黑暗』』。」

唐突地，毫無預兆地。

說話聲響徹四周。

「『『與忌諱一同誕生』』『『與虛無一同活過』』『『斷定世上的一切沒有價值』』

「『毫不懷疑』』。」

這莊嚴的重低音，肯定就是他的嗓音。

而他唸出的詠唱……

顯示的是，他要發動「專有魔法」。

「『『然而隨後』』『『白色的黑暗消散殆盡』』『『我心滾燙灼熱』』。」

無論是我、伊莉娜，還是羅莎。

每個人都環顧四周，尋找敵人的身影。

然而，始終連影子都沒看見。

「『『我是盾牌』』『『我是堡壘』』『『我是地基』』『『是有價值之光明的守護者』』。」

我與伊莉娜他們拉開一大段距離……

接著──

「『『沒錯』』『『我乃』』──」

「唔！上面嗎！」

我仰望天空的同時，那個男人來了。

他滿懷熾烈的信念，前來了。

「『『填滿空白的殉職者（Clover Field）』』。」

——萊薩・貝爾菲尼克斯來了。

第六十九話　前「魔王」與人性的光輝　後篇

蒼穹的正中央，一名男子朝正下方俯衝。

任由風吹得聖袍鼓起，垂直俯衝。

他的眼睛，只捕捉我的身影。

我的眼睛，也只捕捉住他。

萊薩．貝爾菲尼克斯。

身經百戰的強者。

文武雙全的老將。

全軍數一數二的智者。

以前支持我的最強戰士之一……

扛起「四天王」招牌之一的他，散發劇烈的壓力飛來。

為的是將我的命運納入掌中。

「萊薩……！」

我瞪著朝我垂直俯衝的敵人，一瞬間建構魔法術式。

高階防禦魔法「鉅級護盾術（Giga Shield）」的七層結構。

第一回合，我不是以攻擊魔法迎擊，而是選擇全力防禦。

換做是平常，敵方的攻擊根本不對我構成任何威脅，因此我有時會以攻擊被抵銷的覺悟去迎擊。然而……

對上發動了「專有魔法」的萊薩時，就萬萬不能挨到他的攻擊。

他手上的那把巨大錘矛。

那件會在發動「專有魔法」的同時顯現出來的武裝，只要稍微碰到一下，一切就會當場結束。

「哼！」

彼此間的距離縮減到無限趨近於零的瞬間，萊薩口中發出熾烈的呼喝。

他只用一隻左手，揮動巨大的錘矛砸來。

這瞄準我頭頂的一錘，受到先前我張開的屏障阻礙。黃金色的屏障，實實在在地承受住錘矛沉重的打擊，兩者劇烈碰撞，產生了強烈的聲響與衝擊波。

剎那間——

張設的屏障，發出龜裂聲。

或許該說，萊薩．貝爾菲尼克斯真不是蓋的。

就只這麼一錘，我的防禦魔法已經瀕臨粉碎。

正要修復——但他不會讓我稱心如意。

「打！」

萊薩再度發出呼喝，錘矛水平砸來。

屏障已經沒有餘力抵擋第二錘。

我判斷出這點，特意撤去了屏障，全力蹬地而起，閃避攻擊。

錘矛揮了個空，就在空氣發出哀號的同時，我往後方跳了開去。

脫離。

我從位於高處的刑場舞台，躍上空中。

我的力道讓身體有如飛箭射出，與伊莉娜、羅莎及瓦爾多爾三人遠遠分開。

在地上，民眾仰望著我們。

萊薩也同樣踏上一步，直線飛行。

彼此撕裂空氣移動……在市街的巷道中著地。

這裡完全沒有人經過，站著的就只有我們。

萊薩扛著錘矛，睥睨著我。

我毫不鬆懈，盯著這個表露出來的戰鬥意志強得扭曲空間的老將，喃喃說道：

「現狀對您而言，算是意料之中嗎？」

「……不，完全是意料之外。」

他嘴上這麼說，臉上卻沒有絲毫悔恨的情緒。

「你還真鎮定啊。」

「因為該做的事並未改變。」

我們一邊互相瞪視，一邊交談。

劍拔弩張的緊張感當中，萊薩再度開了口。

「事態若是照吾人的意圖發展，足下應該已經脫下亞德．梅堤歐爾的面具，陷入自暴自棄，最後為了拯救朋友……以『魔王』的身分再度君臨這個世界。吾人就是如此安排。」

「……你果然是看穿了我的真面目，才策劃出這番計謀嗎？」

在這傢伙面前，已經不需要繼續戴著面具。

我不是以亞德．梅堤歐爾，而是以瓦爾瓦德斯的身分，和眼前的他對峙。

「你還是那麼老謀深算啊。我差一點就會照著你的圖謀，走上錯誤的道路了。」

想來我從一開始到現在，都一直陷在他的圈套裡。

因為我自私的選擇，讓朋友……讓伊莉娜失去了一切。我為了救她，以「魔王」的身分

再度現身，然後──

「只為了伊莉娜，改寫常識與倫理，無論得用上任何手段……接下來會變得如何，我特意不去想。應該是因為我覺得，接下來等著的，肯定會是對我來說十分痛苦的現實。失去歸屬，或是選擇自戕，又或者……」

「就像古代末期那樣，對人民洗腦，將他們變成對自己方便的樣子嗎……以吾人來說，如果足下選擇這條路，倒是可以省下很多無謂的工夫。」

相信他多半確信我絕對不會這麼做。

我想我也不會真的做出這個選擇。

「在前世的末期，我就選了這條路……我已經受夠了。奪走人們的自由意志，逼他們對我懷著友愛之情……那就像是可悲的一人遊戲。」

正因為我充分理解這一點。

「……萊薩，我要把話說清楚。你所追求的理想社會，從某個角度來看是正確的。然而，用力量支配人們的心，強行創造出來的理想國──」

「正是。就如方才足下所述，是空虛的一人遊戲。然而……只有透過這樣的方式，才能創造出理想國。而萊薩．貝爾菲尼克斯，只為了實現理想而存在。」

「……除了這種信念以外的一切，對你而言都是空虛而沒有價值的，是吧？」

「正是。統一世界，消滅歧視，創造出能讓孩子們歡笑度日的世界。創造出一個不分人類或『魔族』，能讓幼童享受幸福的世界。這身皮囊，只不過是用來實現這種世界的工具。」

他如此斷定的身影，隱隱約約……

讓我聯想到過去的自己。

「……過去的我，也有著大同小異的想法。在古代末期尤其如此。失去莉迪亞之後，我更是只為了遵守與她的約定而活。」

「吾人明白。莉迪亞大人所追求的理想國……消弭所有歧視、階級、戰爭，讓人不分男女老幼，不分人類或『魔族』，都能笑著活下去的世界。這種與吾人的理想鄉極其相近的世界，足下就曾完美地創造出來。」

「是啊。洗腦人民，對無法洗腦的對象就加以排除……把自由從整個世界中奪走，才實現出來。」

在古代，我一直為了找回人類的尊嚴與自由而戰。

這樣的我，卻在最後關頭，奪走了人們的自由。

「真是諷刺啊。我將『邪神』視為一輩子的仇敵……但剿滅他們的結果，最終卻是我自己變成了他們。」

許多臣下，對變了樣的我失望，離我而去。

豈止如此，其中甚至有人起兵反叛。

……而我親手殺光了這樣的人。

對於這些相信我，長年追隨我的部下。

為了遵守和過世好友的約定，我把他們一殺再殺，殺了個乾淨。

「在古代末期，我一直有著一個念頭，就是想嚐嚐落敗的滋味。因為那樣一來……一切多半就會結束。無論是一再害怕的人生，還是被約定所束縛的人生，一切都會結束。」

我是希望有人阻止我。

希望有人來阻止犯錯的我。

然而，這個瞬間終究沒能來臨……

虛幻的理想鄉完成後不久。

我的心，完全崩潰了。

「……一切都是自作自受。即使心裡明白，我還是承受不住孤獨的痛苦。」

「因此足下放棄維持理想國，轉生到這現代……是足下所做出的，以自我為本位的選擇，所招來的結果，就如以前吾人在博物館所說。」

萊薩犀利的眼光，明確地在批判我。

「現世是亂上加亂。國家與人民都四分五裂，日復一日發生戰事，孩子們寶貴的性命因而凋零。這實實在在是民意造成的。人們所產生的這股叫做民意的濁流，連吾人也阻止不了。正因如此——才需要足下。」

萊薩說到這裡，用扛在肩上的錘矛指向我。

「以吾人的力量，將『魔王』收為棋子。如此一來，理想國想必將在現世再度誕生。」

「……我不認為那樣的世界是理想國。那就如同傀儡的王國。」

「那樣就好。人類若不是有人操縱，始終都會走上錯誤之路。足下應該也知道這點。在這美加特留姆，應該也重新體認到了。」

他多半是在暗指博爾多吧。

的確，他的死，促使我重新體認到這一點。

「人類是一種就只有醜陋、可怕一面的生物。我就如你所安排，重新體認到了這樣的想法。然而……現在，不一樣了。」

我以堅毅的態度，把反駁的話砸向萊薩。

「博爾多的不幸，原因在於沒能建立真正的友愛。他被人們稱為聖徒，長年拯救人們。然而……因此形成的是上下關係，不是友好關係。」

每個人都稱他為聖徒，崇拜他。彷彿當他是降世的神。

那種樣貌，很像過去我與民眾的關係。

在古代，民眾稱我為「魔王」，在畏懼的同時，也把我當成救世主崇拜。也就是說——只是依賴我強大的力量，但任何人都不去看我個人的人格。

博爾多建立出來的，就只有這樣的人際關係。

「真正的友愛，只有在彼此站在同等的立場下才會產生。博爾多大概直到臨死，都沒能發現吧。如果他發現了，就不會選擇這種近乎自戕的結局。那樣一來……」

相信他就能跟我和伊莉娜等人，建立真正的友愛。

然後也就能以此為立足點，建立被許多同伴圍繞的生活。

沒錯，就像我們那位「魔族」少女學友卡蜜拉小姐一樣。

「……到頭來，足下想說什麼？」

萊薩以有些不耐煩似的聲調問起。

「博爾多的死，刺激了我錯誤的想法……因此，讓我差點走錯了路。直到前不久……萊薩，我都無法對你說的話做出任何反駁。人類醜陋、可怕。我也一直認為，人類就是只有這麼一面的生物。然而——」

「……然而？」

我對正前方瞇起眼睛的老將，抬頭挺胸地斷定：

「現在，我就滿懷自信地說吧。人類不是只有醜陋一面的生物。哪怕只有那麼一點點，但醜陋之中，有著確切的光輝。那實實在在就是人類的可能性。我相信這種光輝。因此──萊薩·貝爾菲尼克斯，我不會支持你的理想。」

直到剛才，我都與萊薩一樣。

但現在，我們兩人可說已經完全分道揚鑣。

人類會害怕異物。

人類絕對不會接納異物。

……這些話是胡說八道。

我的同伴們，為我證明了這一點。

我在今生認識的這些人，為我證明了這一點。

「……足下在足下誤以為是同伴的那些人身上所看見的光輝，只不過是幻影。」

萊薩否定我的想法，接著──

「就如先前所述，吾人該做的事情並未改變。哪怕狀況超乎意料，哪怕足下有了錯誤的認知。這一切，都不重要。吾人將以自己的力量，將足下收為棋子……為孩子們創造出光明的未來。」

他全身迸發出無與倫比的戰鬥意志。

已經不需要言語。

接下來要做的，就只有以武力貫徹自己的信念。

於是——

「『『他的路上有的是絕望』』『『那是一個悲哀男人的人生』』。」

我開始準備發動王牌。

對上萊薩，我萬萬不可能還想保留實力。

「『『其人孤身一人』』『『雖有人追隨』』『『卻無人共同行走霸道』』。」

「想發動『專有魔法』？想得美……！」

萊薩犀利地呼氣，讓自己的兵器躍動。

巨大的錘矛……卻並非揮向我。

而是揮向從先前就在路旁聽著我們對話的兩隻野狗。

萊薩毫不留情地，擊打在牠們背上。

「「汪！」」

兩隻野狗的慘叫聲重合。

兩隻被擊中背部的狗，一瞬間趴到地上，然而——

下一瞬間。

「「嗚喔喔喔喔喔喔喔喔喔喔喔喔喔喔喔喔喔喔喔！」」

彈起似的站起，發出嚎叫。

兩眼發出明亮的紅色光芒，胸前浮現出和眼睛同色的紅色紋路。

發動「專有魔法」的萊薩，用錘矛擊打其他生命，就會造成這樣的狀態。

這種效用——

「咕嚕啊！」

實實在在強得破格。

兩隻野狗露出獠牙，朝我撲來。

直到剛剛還只是尋常野狗的這兩隻狗，現在有著令人驚奇的戰鬥力，為了執行主人的命令而逼近。

「『『沒有任何人懂他』』『『每個人都遠離他』』。」

我一邊繼續詠唱，一邊持續閃躲兩隻野狗的猛攻。

「專有魔法」不經過詠唱就無法發動，而且，詠唱中完全無法使用其他魔法。

因此，幾乎都會在開打前，就先完成「專有魔法」的詠唱，然後以突襲方式發動。就像萊薩對我所做的那樣。

「哼！」

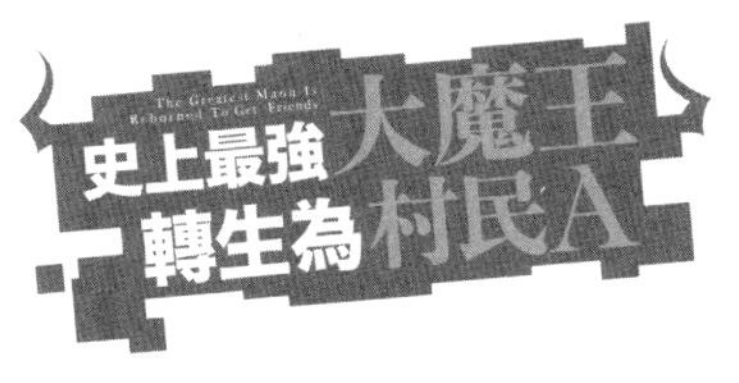

我只顧著躲兩隻野狗，萊薩就從身旁以錘矛橫掃而來。

我大大跳開，躲過這一錘，拉開了距離。

……他的「專有魔法」，不是只能將以錘矛擊中的對象實力大大提昇，還可以將對方當成傀儡來操縱。

而且，還不只這樣。

最為棘手的是……「感染能力」。

「『『連唯一的朋友都背棄他』』『『他落入了瘋狂與孤獨的汪洋』』。」

詠唱到一半，一隻野狗從死角撲向我。

我在千鈞一髮的時機避過。

野狗這一咬被我避開，在著地的同時，牠瞪著其他野狗，然後——

撲向另一隻害怕得發抖的野狗，咬上頸子。

「咿！」

野狗發出小小的哀號。

下一瞬間——

「咕嚕啊啊啊啊啊啊啊啊啊啊啊啊啊啊啊！」

喉嚨被咬的野狗，仰望天空嚎叫。

牠的眼睛發出紅光，胸前也浮現出同色的紋路。

……這多半就是萊薩的「專有魔法」最大的優勢了。

與已經化為他傀儡的人或獸接觸，效果就會傳染。

也就是說……

被錘矛擊中，就會沒戲唱。

被錘矛擊中過的人碰到，也會沒戲唱。

正因為有著這樣的力量，萊薩在軍團對軍團的正面衝突中，從不曾打過敗仗。畢竟他可以把對方的兵力，全都收為己用。

……狀況實實在在是雙拳難敵四手。

我被逼到了隨時分出高下都不奇怪的劣勢。

然而——

「『『他的死沒有安詳』』『『擁抱悲嘆與絕望而溺死』』。」

這也到此為止了。

「『『想必那就是』』——」

詠唱結束。這也就代表著……

「『『孤獨國王的故事』』。」

逆轉劇開始上演。

暗色的靈氣繞上我的右手，化為鎖鍊。

這股黑暗更形成一把巨大的黑劍……

我用右手，握住了劍柄。

「「「咕嚕啊！」」」

三隻野狗直逼而來。

牠們沒有罪。

然而——

「我還是要斬了你們。」

三隻狗一齊撲上。

但牠們的動作，對現在的我而言，慢得致命。

看在我眼裡，牠們就和停在空中沒有兩樣。

因此——

我一口氣，將三隻狗的軀幹一刀兩斷。

牠們連臨死的哀號都發不出，化為屍骨落到地。

當牠們的鮮血與內臟，在地上潑出聲響。

我已經直逼到萊薩身前。

「這是回敬，接招吧。」

為了一吐剛才的鬱悶，我揮出黑劍。

對著這朝他頸子猛砍過去的劍刃，萊薩以錘矛格擋，然而——

他無法完全卸開我的力道。

「嗚……！」

到了這個時候，萊薩面無表情的臉上，才總算表露出了苦悶。

儘管擋下了劍刃的一閃，但無法完全卸開力道，讓萊薩整個人一路撞穿建築物，衝向遠方。

現在完全由我處在攻勢，也處在優勢。

我懷著這樣的確信，通過他撞穿的洞，為了乘勝追擊而尋找他的身影。

結果——

就在同時，我產生了一抹不安。

我的攻勢。我的優勢。

該不會都是萊薩計謀的一部分？

……萊薩被擊飛，是飛往大街的方向。

那條又長又大的路上，現在……

「教……教宗冕下！您怎麼了！」

有著許多聖堂騎士，以及──

「咦！亞……亞德大人？」

「為什麼回來了？伊莉娜小妹妹人在哪裡？」

我學友們的身影。

「……嗯。該說是上天庇佑嗎？」

這句話說得徹底冷靜，徹底冷酷，聲調更是太過冰冷。

不妙。

當我想到這裡的瞬間，萊薩的錘矛已經動了。

揮往身旁一名男學生的頭上。

「住手啊，萊薩！」

為了阻止他的這種暴行，我正要踏上一步。

但在這之前──

一陣勁風吹過，空氣發出呼嘯聲。

接著有如疾風般趕來的她，拔出佩在腰間的刀……

「不許對我的學生下手……！」

我老姊奧莉維亞的刀，擋住了萊薩的錘矛。

金屬與金屬碰撞，發出刺耳的聲響，激盪出大圈的火花。

男生的狀態……平安。

「奧……奧奧……奧莉維亞大人……！」

「快逃！你們趕快離開現場！」

「不，想得美。騎士們，一個都不要放走！」

兩人一邊以兵器較勁，一邊下令。

騎士們迅速行動，堵住了去路。

看到他們的行動，奧莉維亞咂嘴一聲，瞪著眼前的前同僚。

「你這傢伙……！看在同吃一鍋飯的份上，先前我都不吭聲……！但如果你要連我的學生都牽扯進來，我可不會放過你……！」

「不放過又如何？奧莉維亞．維爾．懷恩，沒有信念的足下，還以為能夠打敗我萊薩．貝爾菲尼克斯嗎？」

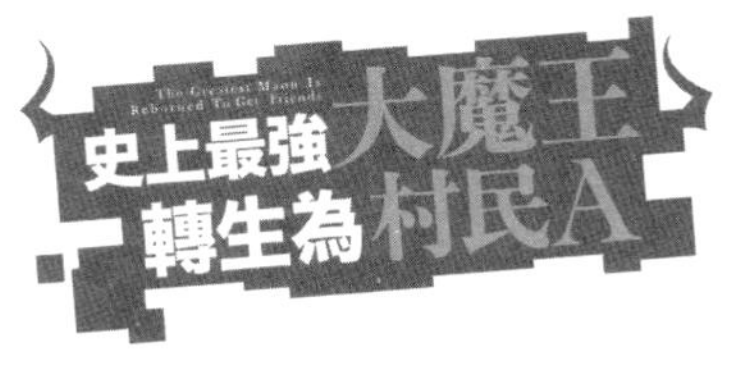

兩者發出的氣魄與殺氣，撼動了空氣。

而最終贏得這較勁的是……

「朋友啊，若是過去並肩作戰時的足下還未可說……迷失了為何而戰的足下所出的劍，實在太輕。」

「唔……嗚……！」

老將施加壓力，然後……

「哼！」

雙手將奧莉維亞連人帶刀，一起擊飛。

兩者之間拉開一大段距離，萊薩立刻對附近的幾名騎士，隨手揮出錘矛。

「奧莉維亞．維爾．懷恩，現在的足下，不是非由吾人親手葬送不可的人物。」

萊薩化剛說完，經過強化的幾名騎士，已經開始體現萊薩的意圖。

「「「嗚喔啊啊啊啊啊啊啊啊啊啊啊啊啊啊啊啊啊啊啊！」」」

強化騎士一邊發出怪聲，一邊朝奧莉維亞衝鋒。

要應付她，派部下就夠了——萊薩多半想這麼說吧。

實際上，經過他的力量強化的騎士，也的確難纏……

「嘖……！亞德．梅堤歐爾！你來保護學生們！」

奧莉維亞吸引三名敵人，漸漸遠離這裡。

我承接她的意志，站到學生們身前。

「各位同學，請放心。我不會讓任何人碰你們一根汗毛。」

學生們的反應五花八門。

有人放心，有人憤慨地認為不該輕視他們的力量，也有人根本跟不上狀況。

畢竟接下來，多半會是一場艱苦的戰鬥吧。我必須在保護大家周全的前提下，打倒萊薩才行。那麼，該怎麼做呢？

我絞盡腦汁，逐步擬定策略。

正想到一半——

「啊啊，足下說得沒錯，吾人與吾人的部下，不會再動任何人一根汗毛。因為從現在起，不再需要了。」

萊薩露出有些誇耀的表情。

怎麼回事？

我掌握不住他的意圖。

就在我不明所以的下一瞬間——

「嗚……啊……！」

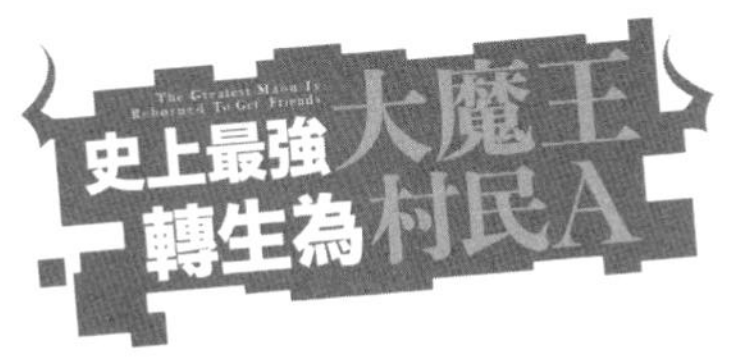

背後傳來小小的呼聲。

從嗓音的音高聽來，是女生。

這帶著幾分緊迫的聲調，讓我一陣惡寒。

有事情不妙。

收到第六感發出的危險訊號，我下意識地轉過身去。

接著──

「什……麼？」

一名女學生站在我面前。

她的眼睛發出明亮的紅光，胸前浮現出同色的紋路。

她的指尖──

現在，已經碰在我的頸子上。

「嗚……！」

被萊薩的「專有魔法」強化過的人，會成為他的傀儡。

而且──

被傀儡化的人碰到的對象，也會失去自我，受到萊薩支配。

即使是我也不例外。

「嗚……！為什麼……會這樣……！」

我視野晃動，眼中的景象漸漸染紅。

胸前浮現出小小的紋路，漸漸變大。

我現在，正在感受自己的精神逐漸被人支配的過程。

「……就在前不久，和足下談話時，吾人說了一個謊。」

萊薩以平淡的聲調開始述說：

「說狀況是意料之外這句話，其實是假的。吾人連這樣的情勢演變也都料到，早已準備了計謀。只是話說回來，能否成功，本來還很難說。」

萊薩仰望天空，以清爽的表情說道：

「吾人對足下的其中一名學友，事先做了安排，也就是那邊那個女學生。吾人暗中與她接觸，以『專有魔法』收為己用。足下多半不知道，吾人的『專有魔法』經過這幾千年，得到了新的能力。那就是——效力可以任意發動。現在的吾人，以錘矛擊打過對象後，可以在任意的時間讓效果生效。」

所以才會引發現狀，是嗎？

直到片刻之前，這個女學生都還是以自己的意志在行動。全身上下沒有一點可疑的地方。然而，內情多半並非如此。

就在當事人自己都不知道的情形下……這個女學生，成了萊薩的棋子。

「就如吾人先前所述，這是個危險的賭注。本來，吾人是打算在足下發動『專有魔法』後，以自然的方式將足下引導到這裡。然而……由於足下極其聰明，大有可能發現吾人的意圖。只不過……看來吾人得到了某種大意志保佑。」

他說得沒錯，如果試圖引導我，我多半已經發現對方的計謀。

然而——

「將足下引導到此地的，並不是吾人，而是足下。是足下自己，在無意識中挖好了自己的墓穴。」

所以我才沒能發現他的計謀。

「這實在是天佑，大意志選擇了吾人。長達幾千年的悲劇，也將在這一瞬間告終。吾人將以足下為棋子，打開新世界的門。」

「唔……嗚……！」

鮮血般的紅，侵蝕視野。

胸前浮現的紋路，漸漸擴大。

「吾人將給足下的朋友一些救贖，好歹作為對過去主子的餞別。因此請足下放心，將自我意志交給吾人吧。」

對於他的完全勝利宣言——

我冒著冷汗，露出笑容。

「還沒呢。還沒結束啊，萊薩。」

「不對，一旦陷入這種狀況，就無計可施。」

「這很難說吧……？我所擁有的異能，你也很清楚吧……！」

解析，以及支配。

由此發展出來的，就是「專有魔法」。

只要運用這種能力——

「不可能。足下以前不就說過嗎？說足下自身的異能，只有對他人的異能或『固有魔法』不會生效。說只有對這些能力，既無法解析，也無法支配。」

萊薩說到這裡，表情微微蒙上陰影。

勝利的確信中，摻進了不安的神色。看到這樣的情形，我露出微笑說：

「就像你對我說了謊……我也……沒告訴你真相……！」

我一邊用右手摸著胸前慢慢擴大的紋路……

「要囂張可還太早啦，萊薩．貝爾菲尼克斯……！」

接著我，展開這輩子第一次的挑戰。

對「專有魔法」進行解析與支配。

……就如先前所說，我以前對萊薩所說的話，並不正確。

理論上，我的異能，多半對任何概念都能進行解析與支配。

即使是「專有魔法」也不例外。

只是……「專有魔法」所包含的資料量實在太龐大，企圖開始解析的瞬間，腦就會受到壓迫。

會被壓迫到發瘋的邊緣。

因此，我本來一直認為，要進行解析與支配是不可能的。

然而——

如果不化不可能為可能，就沒有未來。

那麼，就來達成吧。

我下定決心，開始了對「專有魔法」的解析。

——這一瞬間。

「嗚……嘎……啊……！啊啊啊啊啊啊啊啊啊啊啊啊啊啊！」

無邊無際的資料漩渦，侵蝕我的精神。

但相對的——

視野中紅色所占的比例微微減少，胸前的紋路也萎縮似的縮小。

「什麼……！」

萊薩口中發出驚呼似的聲音。

現在，他是不是看得瞠目結舌了？

若是如此，我很想對他得意地竊笑，然而──

我連這種餘力都沒有。

「唔……嗚……嗚……！」

感覺像是腦子裡的血管，紛紛應聲繃斷。

我漫長的生涯中，嚐過各式各樣的痛苦……但都無法與現在相比。

魔力下意識地被解放到體外，化為衝擊波，對世界造成影響。

衝擊波撲向學生與騎士的身體，撼動了他們的衣服與臉上的皮肉。

「處……理……能力，還……不夠……嗎……！」

我需要提昇整體解析力。

因此──

「階段：II……！」

【了解。勇魔合身。轉移到第二型態。】

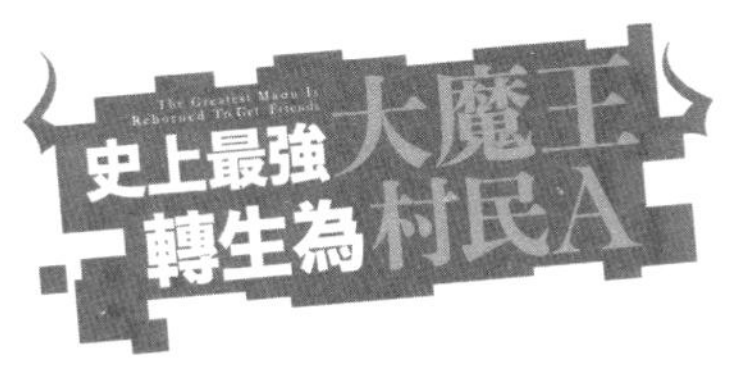

莉迪亞平板的說話聲，迴盪在腦海中。

緊接著，我的身上發生了變化。

毛髮染成純白，流往後方……暗色的靈氣，遮住了脖子以下的全身。

隨後，靈氣形成了漆黑的鎧甲。

「唔……喔……喔喔喔喔喔……！」

每進入下一階段的型態，我的「專有魔法」效力都會更加提高。

證據就是資訊處理能力也升高許多倍……

萊薩能力的支配率，也漸漸下降。

視野中的紅色只剩少許。

胸前的紋路也縮減得非常細小。

「這怎麼……可能……！」

處理能力提昇，讓我有了幾分餘力。

因此，我看著萊薩方寸大亂的模樣，笑了笑。

「我（「魔王」）……沒有不可能……！」

我一邊感受著氣力的充實，一邊進行解析作業。

……進行到一半。

進入更高階的型態，處理能力提昇，但相對的，我無意識散發出的威力與衝擊波，似乎也變得更強了。

對世界的影響變得更大了。

衝擊波震破建築物的窗戶，粉碎了地面，並且……

打擊人的身心。

「嗚！」

「這……這傢伙……是怎樣……？」

騎士們發出哀號似的叫聲。

有人坐倒在地，有人被衝擊波震飛……也有人撐住，全身發抖。

所有人，都對我表露出畏懼。

另一邊——

學生們一直保持沉默。

由於眾人站在我身後，也就無法目視他們臉上的表情。

然而，想必他們——

「哎呀，真令人敬畏，足下的力量實實在在是破格，非吾人的尺度所能衡量。不愧是史上最顛峰……最駭人的怪物啊。」

他攤開雙臂，很快地說了一大串。

他的意圖我早已猜到。

他想動搖我的精神，逼得我解析失敗。

實際上，這的確是不安的因素。

萊薩把這當成了王牌來用。

「看看周遭吧。大家都在害怕足下。無論是吾人的部下，還是……足下的學友們，都害怕這壓倒性的力量。」

「…………」

「足下曾經這麼說過啊，說人類不是只有醜陋的一面。結果作為這話根據的人們，現在就把足下當成異物看待！對足下產生了畏懼！」

萊薩的語調轉強。

「這就是民意！人對與自己不一樣的事物，就會害怕、仇視，奮起排除！就因為足下超越了萬物！森羅萬象！都將拒絕足下！即使過了眼前的難關！等著足下的未來仍然──」

萊薩高聲呼喊。

然而，他話說到一半。

「好……好厲害……！」

一名女學生喊了出來。

接著就像潰堤似的。

學生們一起開始喧譁。

「我們的亞德大人，果然棒透啦！」

「他在我們面前展現過的力量，原來對他來說只是牛刀小試嗎……！」

「哼！那又怎麼樣啦！不管亞德多強，伊莉娜小妹妹是我老婆這件事都不會變～～！」

「啥？是我老婆好不好，你這傢伙不要鬧了。」

「亞德大人跟我結婚啊啊啊啊啊啊！總之跟我結婚啊啊啊啊啊啊！」

哪兒都找不到畏懼我的人。

女生還是一樣，對我表達多得令我退避三舍的好感……

男生也還是一樣，討厭我。

即使解放了力量，我們的關係，仍然沒有任何改變。

這正是——

實實在在就是我所追尋的救贖。

「怎麼樣……！萊薩．貝爾菲尼克斯……！我在今生累積到現在的事物……絕對……！不會……背叛我亞德．梅堤歐爾……！」

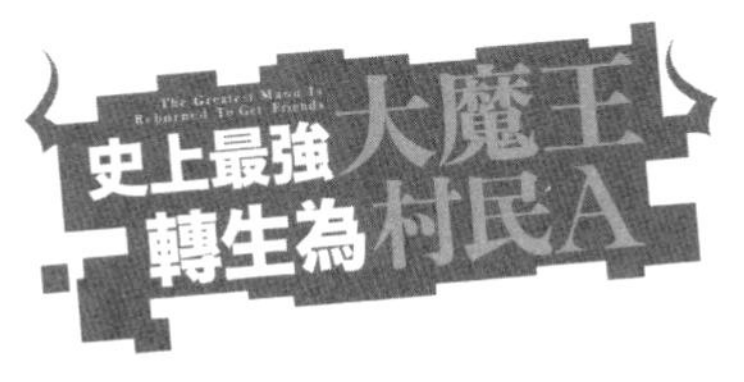

我對啞口無言的萊薩，露出最燦爛的笑容：

「萊薩，這個世界，遠比我們想像中，更單純……！的確人類會害怕異物，可是……！無論有著什麼樣的祕密……！會拒絕朋友的人，在這世上根本不存在……！」

這麼簡單的事情，我卻一直到現在都沒能察覺。

這麼理所當然的事情，我卻一直到現在都沒能相信。

然而，我不會再懷疑，也不會再搞錯。

為了證明這一點，必須將這次的事做出完全的了斷。

我解放了更多力量。

「階段：Ⅲ……！」

【了解。勇魔合身。轉移到第三型態。】

莉迪亞的嗓音剛在腦海內迴盪。

暗色的膜包住我全身。

模樣看起來多半像是繭。

接著在一陣子的間隔後——

我就像昆蟲羽化，穿破了薄膜。

「咦……？」

「亞……亞德……大人……？」

學生們發出驚呼聲。

這也難怪。

我的肉體在黑色薄膜中，產生了重大的改變……模樣多半已經變得判若兩人。

身披的不是鎧甲，而是有如將黑暗濃縮而成的羽衣。

染成純白的頭髮延伸到腰間，被陽光照得閃閃發光。

而我的長相——

是名留神話的「魔王」瓦爾瓦德斯的臉孔。

也就是說……

「亞……亞德大人……！這……這是多麼……美麗……咦？我的意識，好像……」

「會……會死掉……！亞德大人太美……！我會被他美死……！」

直視到我臉孔的瞬間，少女們紛紛昏倒。

「不……不會吧……？我這個伊莉娜小妹妹有夠天使教的狂信者，竟然……！」

「這……這心跳加快的感覺是……！」

「漂亮成那樣，就算男的我也可以。嗯，我整個可以。」

男生們就像以前我的那些部下，逐漸往不妙的方向走。

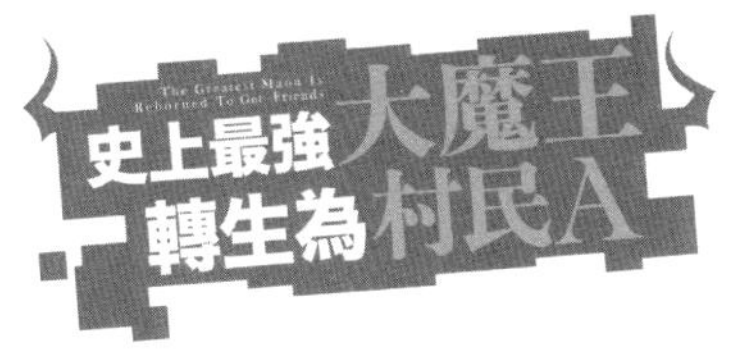

坦白說，真想叫他們饒了我吧。

就在這些學友們的喊聲中……

「解析完畢。」

我用和前世同樣的模樣，同樣的嗓音，說出這句話。

同時，視野中的紅色與胸前的紋路，都完全消失。

「專有魔法」的解析與支配。我這輩子第一次嘗試的挑戰，漂亮地成功了。

「天……啊……！怎麼可能……！」

萊薩瞠目結舌，直冒冷汗。

我朝他舉起了黑劍。

「……來做個了斷吧。」

我以平靜的心情，靜靜地這麼一宣告。

隨即為了付諸實行，踏上一步。

「——！」

不愧是「四天王」，對已經進入第三型態的我所做的動作，還反應得過來？

然而——

「即使反應得過來，也沒有意義。」

我將對方捕捉到劍刃圈內，將黑劍隨手一揮。

萊薩用錘矛，擋住了我發出的這一劍。

「唔啊！」

但我的力量，不是戰鬥剛開始時所能相比。

黑劍與錘矛碰個正著的瞬間，無與倫比的衝擊傳到萊薩的肉體上……

將他的骨骼震得粉碎，臟腑撕得稀爛。

「嗚哈！」

他嘔出血，年老的身軀就像射出的箭，飛向市街上。

萊薩就和前不久一樣，在建築物上撞穿大洞飛走。

我輕輕一蹬地，追上他後。

「我要砍軀幹了，舉好武器，萊薩。」

我將劍刃劃向仍在空中飛舞的老將軀幹。

「嗚！」

這次萊薩也在千鈞一髮之際做出了反應。

他揮動錘矛，守住軀幹。

而我們的兵器再度劇烈碰撞。

由於我對正下方施力，萊薩全身重重砸在地上，將石板撞得粉碎。

「嘎啊！」

他又吐了一地的血，大把白鬍子染紅。

戰力差距大得令人絕望，但即使如此——

萊薩的眼神中，仍然沒有絲毫灰心的神情。

「嗚……喔……啊！」

多半全是憑一股信念，在驅使他的身體吧。

哪怕全身骨骼被擊碎，內臟被撕裂。

萊薩仍果敢地朝我揮出巨大錘矛。

然而——

「沒用的。」

我輕而易舉地躲過這實在太慢的一錘。

朝敵人的右手、朝著握住錘矛的右手，黑劍一劃。

我的劍刃精準地斬斷了萊薩的右手。

「嘎！」

被斬斷的手臂掉到地上，錘矛從手中脫落。

接著——

「結束了。」

我剛說出這簡短的宣言。

隨即發動拘束魔法。

一個魔法陣，圍繞著萊薩顯現。

隔了一拍後，魔法陣中伸出暗色的鎖鍊，綁住老將的身體。

最後鎖鍊的尾端插進地面，讓萊薩的身體強制朝我跪下。

我低頭看著這個從前的部下，舉起黑劍。

「雖說我們分道揚鑣……但你也是曾經支持我的臣子之一。因此，我不會把你連人帶著靈體一起消滅。」

我肅穆地說下去。

萊薩的處分，已經定案。

這個人實在太危險，不能放他活下去。

「最後，有什麼話想說嗎？」

萊薩額頭冒出冷汗，蒼老的面容露出苦悶的表情，說道：

「吾人的命運……！不會在此結束……！」

他的眼神中，仍然有著要貫徹信念的強烈意志。

我對這位哪怕死到臨頭仍不示弱的老將，心懷讚賞，說道：

「身經百戰的強者啊，別了。」

我將黑劍，朝著萊薩的天靈蓋劈下。

老將的命運，就在這時決定。

相信只要短短一瞬間，我的劍就會將他的身體一刀兩斷。

這一瞬間，就要——

「不不不，劇本不是這麼寫的。」

毫無預兆，來得實在太唐突。

一個耳熟的嗓音傳進耳裡的同時。

眼前的光景有了改變。

不知不覺間，我的黑劍消失……

跪在眼前的萊薩也已經消失。

我察看自己的樣貌，發現「專有魔法」已經解除。

當然我絲毫沒有要解除的意思。

我完全無法理解，不知道發生了什麼情形。

有唯一一件事可以確定。

佇立在眼前的這個人，就是創造出現狀的元凶。

而這個人的身影，我很眼熟。

修長的身軀穿著燕尾服，臉上戴著奇妙的面具。

是不知名的面具怪客。

以前在校慶時，我應該已經親手葬送了這個人。然而——

看著飄然佇立在前方的面具怪客，我自然而然地喃喃說道：

「你果然還活著啊？」

我毫不鬆懈地戒備，表露出戰鬥意志，面具怪客哼哼笑了幾聲。

「對，當然是了。啊啊，你說得對啊，亞德·梅堤歐爾。吾現在身為小丑，而小丑是絕對不變、完全不滅的。」

面具怪客以演戲似的口氣說話。

我不理會這些話語，問出問題：

「……萊薩被弄到哪裡去了？」

「當然是送去安全的地方。放在這麼可怕的『魔王』身邊，不知道什麼時候會被抓去吃了。因此，今後吾打算暫時安排個代理。因為萊薩大人，是吾的計畫裡還需要用到的人，不能讓他死。」

「你說計畫？……『拉斯・奧・古』有什麼圖謀？」

這個面具怪客，很可能就是那個組織的幹部。

我基於這樣的考量如此問道，然而──

「嗯～說出吾的計畫，整個組織的計畫，是妥當的嗎？吾並不打算欺騙大家，然而，小丑有時候就是會讓人不悅。歡笑與憤怒是一線之隔，實在很難拿捏。」

對方根本什麼都沒回答。

結束這樣的發言後，面具怪客優雅地一鞠躬──

「那麼，不久的將來見，再會了，敬愛的『魔王』陛下。」

一瞬間，面具怪客消失得無影無蹤。

「……那傢伙到底是什麼人？」

對手消失後，我瞪著虛空中的一個點。

一直瞪著他先前所站的地方。

「無論外型、整個人的感覺、嗓音，都讓我覺得熟悉。簡直像個老朋友……但相對的，卻又覺得像是第一次見面。」

這個人到底是何方神聖？

究竟有什麼圖謀？

……沒辦法。無論怎麼掙扎，相信遲早總會對上這傢伙。

結果可能導致世界陷入史無前例的危機……

然而——

「啊！喂～亞～德～！」

「你打得場面可真大呀。」

「我們趕快開溜吧！」

「真不知道賠償金額會有多高呢……」

我有同伴在。

「爸爸～」

「好累喔～」

「好想趕快回去滾床呢。妳說是不是啊，卡蜜拉？」

「嗯……嗯。是啊。」

我有一群能夠由衷相信、由衷喜愛的同伴。

「亞德大人的模樣！變回來了！」

「還是現在這種樣子最有親和力。」

「啊，太好了。我是正常的，對現在的亞德沒有任何反應。」

「還是伊莉娜小妹妹好啊。嗯，伊莉娜小妹妹才好。」

「倒是艾拉德和奧莉維亞大人跑去哪裡了？」

「艾拉德不重要啦。奧莉維亞大人呢？欸，奧莉維亞大人呢？」

「呃～她剛剛是不是說要矯正艾拉德繭居的毛病，追著他跑？」

「為什麼會變成這樣？」

……只要有大家在，無論多麼艱難的局面，我都可以克服。

然後——

「雖然發生了很多事情！可是這次也多虧亞德，全都解決了！」

這個好朋友的笑容，我一定要保護到底。

「好啦！我們回家吧！亞德！」

我握住伊莉娜伸出來的手……

「是啊，我們回去吧。回我們歸屬的地方去。」

同時由衷地——

咀嚼這份幸福——

第七十話　前「魔王」與逐漸結束的日常

所謂遠征結束，是回到故鄉才能確定。

這是自古流傳至今的戰事格言，意思是哪怕得勝，也不要鬆懈。雖然我們所做的事情並不是遠征……不過就結果而言，就變得和遠征大同小異了。

所以呢，在回到故鄉前，我絲毫不鬆懈，對周遭持續戒備。幸運的是，接下來並未發生更多麻煩事，我們就運用說是維達所開發的小型空間轉移裝置，回到了拉維爾魔導帝國。

……沒有因為裝置故障而被送去未來世界之類的麻煩，實是僥倖。

言歸正傳。

關於宗教國家美加特留姆的這番風波，我和伊莉娜精神上的問題，應該可說已經解決。

然而，就其他問題而言，沒有一件事已經結束。

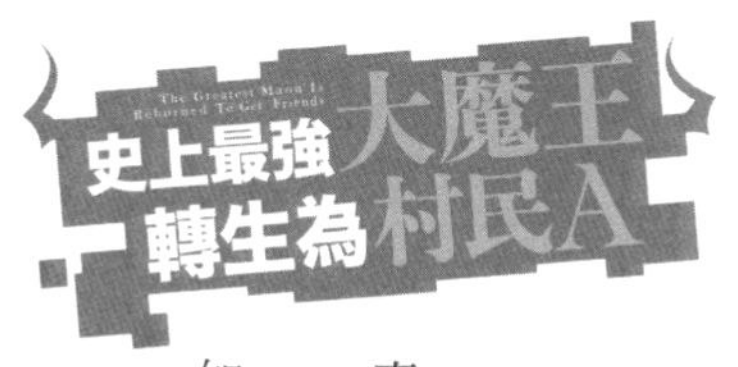

其中尤為重大的問題，我就將來龍去脈「記載」在此吧。

首先，關於大陸內的和平條約。

我們之所以會去到美加特留姆，起先就是為了這個目的。

然而，這多半只是萊薩用來引我過去的藉口。

只要想想他的計畫內容，他多半從一開始就並未指望簽訂條約。

畢竟——

因為在美加特留姆所發生的種種糾紛，和平條約遭到撕毀。

人們似乎大為嘆息，從某個角度來看，我就是造成這種情形的原因，不免有些痛心。

接著，我要談談拉維爾魔導帝國所處的狀況。

如前所述，解決的只有我和伊莉娜精神上的問題。關於國家機密被社會大眾得知的這件事，我們沒能找出任何解決之道。

外號「英雄男爵」的懷斯及其女伊莉娜，這兩人是「邪神」後裔的事實，以及皇室明明知情，卻仍維持緘默的事實等不便為外人道的事，都因為這次的風波，傳遍了整個大陸。

懷斯與伊莉娜才是真正王族的這件事並未洩漏出去，也許算是不幸中的大幸……但可以說，還是讓女王羅莎陷入了艱苦的狀況。

美加特留姆的風波過後，反羅莎派崛起，就在國內瀰漫著一股很可能會在近日內發生內亂的氣氛時。

這件事的遠因也在於我，所以我打算負起責任，展開行動。

但奧莉維亞比我先採取了行動。

她對社會大眾發表擁護王室與伊莉娜父女的言論，且親自擔任國家顧問，勉強壓下了反羅莎派與輿論。

結果，今後拉維爾就由王室與奧莉維亞兩者共同營運。

奧莉維亞現在固然擔任學園講師，低調生活，但仍是傳說的使徒。她的社會信用極強，全靠她採取行動，才勉強讓國內情勢穩定下來。

最後，我打算講解大陸情勢相關的狀況，來結束今天的「日誌」。

拉維爾致力於平息國內動亂的同時，大陸內也發生了重大的問題。

宗教國家美加特留姆，對各國呼籲組成反拉維爾聯盟。

聽說是由萊薩擔任盟主來主持……但想來不會是他本人。大概就是那個面具怪客所說的代理人吧。

如果這個聯盟成立，拉維爾將會陷入國家存亡的危機。

眾人預期，美加特留姆會在結成聯盟的同時，對拉維爾宣戰，立刻攻打過去。

對於美加特留姆的呼籲，許多小國表示了贊同。他們多半是認為，有望占有拉維爾的一部分土地與資源，所以沒有理由錯過這樣的機會。

相對的，除了拉維爾之外的四大國——

最先做出反應的，是維海姆皇國。

皇國從歷史風土上，就最為忌諱「邪神」與「魔族」，相信看在他們眼裡，萬萬不能容許拉維爾這樣的國家存在。

接著是哥地納共和國，一時間先發表了看似贊同的聲明。

這個國家是拉維爾的鄰國，兩國之間的關係十分冰冷。

然而國家主席巴伐是個極為慎重的人。因此他審慎觀察情勢，維持隨時都能靠向任何一方的態勢。

就是在這個時候——

奧莉維亞對社會大眾發表了前述的擁護論。

拉維爾不再只由王室統治，而是和奧莉維亞共同營運，讓薩非利亞合眾國總統傑洛斯，對拉維爾提議簽訂友好條約。

雖然嚴格說來，不是對拉維爾，而是對奧莉維亞。

據說傑洛斯是她親戚的子孫，也是崇拜奧莉維亞的黑狼教信徒。

而這條約自然是往簽訂的方向進行。

拉維爾表示肯定的意思後，傑洛斯立刻親自來訪，和奧莉維亞會面……他們之間的互動，讓我掛心得不得了。

因為兩人一見面，傑洛斯立刻在奧莉維亞面前跪下，流下眼淚。

奧莉維亞以複雜的表情低頭看著他。

……我總覺得這份友好條約，會帶來重大的問題。

不管怎麼說，薩非利亞合眾國靠向拉維爾，讓哥地納共和國也連帶開始表示親拉維爾的意思。

相信對共和國主席——巴伐而言，這是個很艱難的局面。

合眾國與共和國，締結了同盟，關係極為密切。

長年來兩國互相出口資源，創造了繁榮。

然而儘管兩國關係良好，就國力抗衡的觀點來看，仍是薩非利亞合眾國稍顯強勢。

合眾國所擁有的特產與資源，有一部分是共和國的必需品，出口到共和國。

相對的，共和國的特產與資源，大部分對合眾國而言是有需求的貨物，但對其他國而言，就不是那麼重要。

這樣的共和國，如果參加了反拉維爾聯盟，意圖與合眾國訣別，將會蒙受難以估計的損失。

想來在共和國國內，意見也會有分歧。應該也會有人主張參加聯盟，滅了拉維爾魔導帝國與薩非利亞合眾國，得到他們的國土，就能比現在更加繁榮。

風險與報酬。巴伐多半就是將這兩者放在天平上衡量，最後選擇以親拉維爾派的立場靜觀其變。

至於那個蠻王所統治的阿賽拉斯聯邦盟主……則維持著令人心裡發毛的沉默。

既不對聯盟同調，也不靠向拉維爾。

完全猜不出他在想什麼。

實在是非常礙眼。

……無論如何，可以說奧莉維亞的行動，決定了大陸內的情勢。

她參與拉維爾的營運，讓薩非利亞合眾國與哥地納共和國靠向了我方。

阿賽拉斯聯邦不能信任，因此只有美加特留姆與維海姆皇國，以及諸多小國，參加了反拉維爾聯盟。

戰力上完全不及我方，因此，推測聯盟應該會安分一陣子。

只是話說回來……相信寂靜遲早會被打破。

骰子已經擲出。

我們前往美加特留姆之前，整個大陸確實有了要統一的動向。

然而，現在大陸分為拉維爾派與反拉維爾派，展開對峙。

阿賽拉斯聯邦則俯瞰兩者對峙，虎視眈眈地伺機而動。

……這塊大陸，以及住在大陸上的我們，正逐漸迎來動亂的時代。

本日就此擱筆。

夏末之月，十四日。

筆者亞德·梅堤歐爾。

◇◆◇

「……呼。」

夜深了。

油燈黯淡的燈光照亮手邊，我一邊品味著倦怠感，一邊沉吟。

「就寫到這一段……唔，結束了。」

最近，我開始寫日誌。這也是我在美加特留姆，意識上有了改變所帶來的結果。

我在房間裡面向書桌，舞動羽毛筆……就在此刻，寫完了本日的日誌。

「嗯～～」

我一邊伸懶腰，一邊發出小小的呵欠聲。

打完呵欠，我將目光望向位於房間正中央的大型床。

「姆扭姆扭……亞～～德～～……」

「呼～……呼～……嘻嘻……嘻嘻嘻嘻……………………呼～～」

「咕齁喔喔喔喔喔喔喔……咕齁喔喔喔喔喔喔喔…………莉迪姊姊真有一套，把『魔王』丟來的球劈成兩半了！……咕齁喔喔喔喔喔喔喔喔喔。」

床上睡著三名美麗的少女。

一個個似乎都作著好夢，真是再好不過。

「……這陣子，比較少同時就寢了啊。」

會這樣的原因，也在於我個性愛講究。

日誌這種東西相當有意思。對遣詞用字精挑細選，費心斟酌，最後寫出滿意的文章時，極為痛快。

吉妮平常似乎有寫小說的興趣，現在我就能夠體會她為什麼會無法自拔。

我完全深陷寫文章的魅力之中，對文章組成講究再講究的結果——

就是弄得最近有點睡眠不足。

「呼啊……這樣實在不好啊……我從以前就是這樣，對一件事著迷，就會無法拿捏分寸……」

我要多加小心，不要像前世那樣量產人生的汙點。

「好啦，我也差不多該睡了吧。」

我熄掉照亮書桌的燈，室內就完全由黑暗所支配。

我在寬廣的房間中行走，來到床前，靜靜地躺下。

眼前有著伊莉娜的睡臉。

她也以平靜的表情沉睡。

……與萊薩鬥過這次之後，世界就變了樣。我們的生活，可說也漸漸有了改變。

校內還是有人不認同伊莉娜，不時會發生人際關係上的摩擦，但……大致上還算平靜。

我認為，這平靜的生活，是老姊奧莉維亞所賜。

對她，我是感激不盡。

然而……

即使是奧莉維亞，想來還是無法長期維持平靜。

這種平靜的生活，無論如何，終將有迎來結束的一天。

到時候——

我就要負起責任。

因為這一切會發生，原因都在於我。

因此，等時候到了，我不會再猶豫。

與萊薩的這件事，讓我大大得到救贖。

是大家拯救了我。

所以這次，輪到我保護大家了。

為了這個目的——

我不惜放棄平凡村民的生活。

……作為亞德・梅堤歐爾的人生，多半就快要迎來結束。

我滿懷著這樣的確信，閉上眼睛，放開了意識。

後記

我想，應該已經沒有讀者是初次拿起本書了吧。

幾個月沒見了，我是下等妙人。

季節已經完全到了夏天。

說到夏天，各位讀者會想起什麼呢？

我是想到中華涼麵……這在著者近況欄就已經寫過，所以還是換個別的題材吧。

（六小時過去了）

……非常抱歉，我完全沒有什麼像樣的夏日回憶。

換做是二次元的主角，說到夏天，就會和美少女一起去游泳池啦、去廟會啦，經歷許多這類活動的經驗，但我是個真．路人，完全沒有這樣的經驗。可惡啊。

夏天對我而言，就只是熱得要命，開冷氣又會搞得電費也跟著變貴，熱到中暑又很難受——就是這麼一個地獄般的季節。

如果一年到頭都是冬天該有多好。

……換個話題。

關於本集的內容。這次我描寫得有點戰戰兢兢。

最大的原因，就是短篇出現過的角色。

開頭登場的雙胞胎等新角色，都曾是《DRAGON MAGAZINE》誌上連載過的短篇主角。

因此，我才會戰戰兢兢地撰寫，小心避免讓尚未看過短篇的讀者一頭霧水。

我自己是認為，算是寫得不至於突兀……就不知道各位讀者認為如何了。

……那麼。

最後是謝辭。

責任編輯大人，謝謝您每次都給我適切的建議。要不是有您在，我就走不到這一步。今後也請繼續多多指教。

為本作擔任插畫的水野老師，每次都承蒙您照顧了。這次的插畫也非常美麗，真的非常謝謝您。

最後，我要對拿起本書的各位讀者，致上極限以上的感謝。

那麼，就讓我祈禱我們還能在第六集相見，就此擱筆。

下等妙人

1~3 待續

作者：逢沢大介　插畫：東西

「傳說的始祖」覺醒時刻逼近——
大規模的「影之強者」風格事件這次也大量發生！

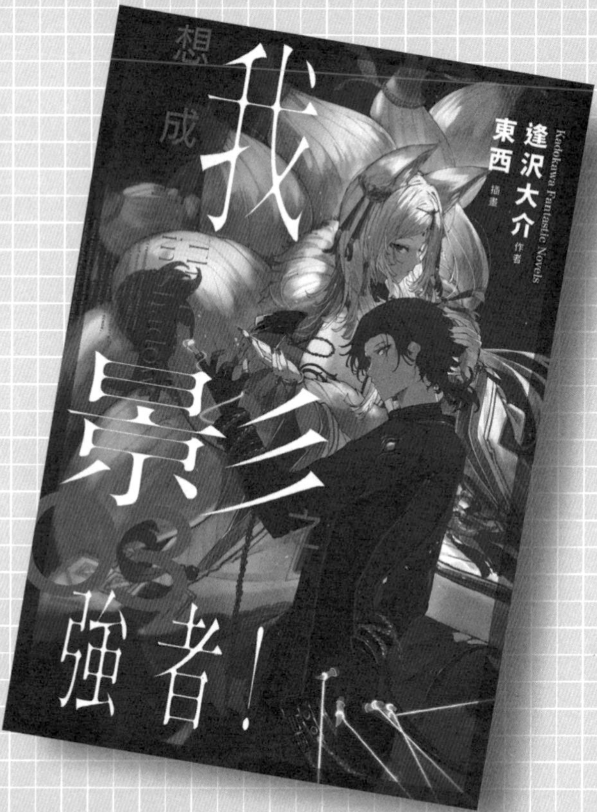

在克萊兒提議之下，席德參加了討伐吸血鬼始祖「噬血女王」的任務，來到無法治都市。出現在他眼前的，是自稱「最資深的吸血鬼獵人」的神祕美少女瑪莉，以及無法治都市的三大勢力。為尋求「始祖血脈」和「惡魔附體者」的關連，戰場變得一片混亂……

各 **NT$260/HK$87**

魔術學園領域的拳王 1~4（完）

作者：下等妙人　插畫：瑠奈璃亞

決定魔術師的頂尖地位，
無可匹敵的校園戰鬥劇終幕！

柴闇確定能以團體資格參加全領戰後，揚言要參加接續而來的個人戰，沒想到他卻忽然被師父焰逐出師門。雖然柴闇獲得了大幅度的成長，但再繼續下去，也只不過是「黑鋼」的劣質山寨品。走投無路的柴闇在焰不知情的狀況下，借助了仇敵的力量……

各 **NT$220~240/HK$73~80**

關於我轉生變成史萊姆這檔事 1~13.5 待續

Kadokawa Fantastic Novels

作者：伏瀨　插畫：みっつばー

不斷擴大的《轉生史萊姆》世界！
超人氣魔物轉生幻想曲官方資料設定集第二彈上市！

《轉生史萊姆》官方資料設定集第二彈堂堂登場！本集詳盡解說第九集之後的故事、登場角色、世界觀等，同時收錄限定版短篇以及伏瀨老師特別撰寫的加筆短篇「紅染湖畔事變」！此外還有插畫みっつばー老師和岡霧硝老師的特別對談！書迷絕不容錯過！

各 **NT$250~320/HK$75~107**

國家圖書館出版品預行編目資料

史上最強大魔王轉生為村民A. 5, 教宗洗禮/下等妙人作；邱鍾仁譯. -- 初版. -- 臺北市：臺灣角川股份有限公司, 2021.04

面；　公分. -- (Kadokawa fantastic novels)

譯自：史上最強の大魔王、村人Aに転生する. 5, 教皇洗礼

ISBN 978-986-524-356-2(平裝)

861.57　　　　　　110002179

Kadokawa
Fantastic
Novels

史上最強大魔王轉生為村民A 5
教宗洗禮

（原著名：史上最強の大魔王、村人Aに転生する 5 教皇洗礼）

2021年4月26日　初版第1刷發行

作　者：下等妙人
插　畫：水野早桜
譯　者：邱鍾仁

發行人：岩崎剛人
總編輯：蔡佩芬
編　輯：黃怡珮
美術設計：宋芳茹
印　務：李明修（主任）、張加恩（主任）、張凱棋

發行所：台灣角川股份有限公司
地　址：105台北市光復北路11巷44號5樓
電　話：（02）2747-2433
傳　真：（02）2747-2558
網　址：http://www.kadokawa.com.tw
劃撥帳戶：台灣角川股份有限公司
劃撥帳號：19487412
法律顧問：有澤法律事務所
製　版：尚騰印刷事業有限公司
ＩＳＢＮ：978-986-524-356-2